Petra Fischer

# Bald bist du mein

Thriller

Herstellung und Verlag: BoD - Books on Demand, Norderstedt
ISBN 9783751913485

## Vorwort der Autorin

Diese Geschichte ist das Produkt meiner Fantasie.
Sämtliche Personen und die gesamte Handlung sind von mir frei erfunden. Übereinstimmungen zum realen Leben sind nur rein zufälliger Natur.

Orts- und Städtenamen dienen lediglich zur geographischen Orientierung.

Die Vergangenheit ist Geschichte,
die Zukunft ein Geheimnis,
aber jeder Augenblick mit euch ein Geschenk!

*Für*
*Meine Familie*
*Meine Eltern und meine Geschwister*

# KAPITEL 1
## *Claire*

„Schon wieder wurde im *Central Park* eine stark verstümmelte Frauenleiche entdeckt, die das Zeichen des Bösen trägt. Laut den jüngsten Meldungen der Polizei…"

Blitzschnell schaltete Claire den Fernseher aus, noch bevor der Nachrichtensprecher seinen Satz zu Ende geführt hatte. Sie konnte diese ganzen Horrornachrichten einfach nicht mehr ertragen. Die wievielte Frau war das nun bereits in den letzten Wochen gewesen? Die dritte mindestens und es schien kein Ende zu geben. Die Polizei tappte im Dunkeln.

Doch es waren eigentlich nicht die Verbrechen, die Claire so zu schaffen machten, denn diese grausigen Taten gab es schon immer und überall auf der ganzen Welt. Es war vielmehr der Gedanke an ihren Sohn, der sie innerlich aufwühlte, mit welcher Leidenschaft er jeden einzelnen Mord verfolgte. Der Gedanke an das Leuchten in seinen Augen, wenn er von einem weiteren Leichenfund erfuhr, ließ ihr das Blut in den Adern gefrieren. Konnte es wirklich möglich sein, dass sein Interesse nicht nur journalistischer Natur war? Doch traute sie ihrem eigenen Fleisch und Blut so bestialische Dinge wirklich zu?

„Hey Mum, was gibt es zu essen?"

Polternd betrat in diesem Moment Jayden die Küche und holte damit seine Mutter aus ihren grübelnden Gedanken.

Erschrocken und gleichzeitig verwirrt blinzelte Claire ihren Sohn an. Sie hatte gar nicht bemerkt, dass er noch im Haus war.

„Sandwiches?"

„Okay! Ist alles in Ordnung bei dir, Mum?"

Argwöhnisch musterte Jayden sie von oben bis unten.

„Natürlich! Ich war nur in Gedanken."

Mühevoll entrang sich Claire ein Lächeln.

Großer Gott, was war nur auf einmal mit ihr los? Warum machte die Anwesenheit ihres Sohnes sie plötzlich so nervös?

„Und was waren das für Gedanken?"

Jaydens Neugierde war nun endgültig erwacht.

Innerlich stöhnte Claire über sich selbst, sie hätte doch wissen müssen, dass er nicht lockerlassen würde. Sie brauchte jetzt schnell eine gute Ausrede. Um Zeit zu schinden, kramte sie in der Speisekammer nach den Zutaten für ein Sandwich.

„Frauendinge halt. Etwas, was ich mit deiner Tante Bea besprechen würde, aber niemals mit meinem Sohn."

Kokett grinste Claire ihren Sohn an, dabei tat es ihr im Herzen weh. Noch nie hatte sie ihren Sohn angelogen. Trotzdem hoffte sie, er würde ihre Antwort schlucken.

„Okay, wie du meinst. Ich gehe jetzt nochmal zu Dave."

„Und das Sandwich?"

„Esse ich später. Ciao, Mum!"

Zögerlich küsste Jayden seine Mutter zum Abschied auf die Wange und betrachtete sie dabei nochmal gründlich. Dann zog er von dannen.

Erst als die Haustür hinter ihm ins Schloss fiel, atmete Claire hörbar aus. Sie hatte gar nicht mitbekommen, dass sie die Luft angehalten hatte.

Vielleicht hätte sie die Gelegenheit nutzen sollen und den Mut fassen, vor Jayden ihre wahren Gedanken laut auszusprechen.

Mit einem Kopfschütteln wischte Claire diese Absicht schnell beiseite. Seine Reaktion wäre einfach nicht vorhersehbar gewesen. Jayden war schon immer intelligenter als die meisten Menschen gewesen, aber auch viel jähzorniger. Von einer Sekunde zur anderen konnte stets seine Laune kippen und aus dem lieben, netten Jungen wurde ein aggressiver Rüpel, was sich seit seiner Pubertät deutlich verschlimmert hatte. Wie bei Dr. Jekyll und Mr. Hyde.

Traurig nippte Claire an ihrem bereits kalten Tee. Ihre Hände zitterten und in ihrem Kopf schwirrten die Gedanken nur so umher. Zu gerne würde sie mit jemanden reden. Doch mit wem?

Ihr fiel ihre Schwester Bea ein.

Könnte sie mit Bea über Jayden reden? – Nein, niemals! Bea mochte Jayden noch nie sonderlich, weil er angeblich ihre Kinder immer gequält hatte. Okay, Jayden war noch nie besonders nett und friedvoll mit seinen Cousins umgesprungen, aber die drei konnten auch wirklich sehr nerven. Bei jedem Zusammentreffen gab es früher viel Geschrei und noch mehr Tränen. Allerdings der Fairness halber musste Claire schon gestehen, dass es immer nur Beas Kinder gewesen waren, die heulten und das immer ausschließlich wegen Jaydens Taten. Doch wer weiß wie es jetzt sein würde, schließlich gab es schon seit vielen Jahren keine Begegnung mehr und inzwischen waren die Kinder zu jungen Männern gereift, auch ihr Jayden.

Trotzig stampfte Claire mit ihrem Fuß auf. Nein, Bea war definitiv nicht die richtige Ansprechpartnerin für sie.

Vielleicht der Pastor? – Nein, sie hatte seit Jahren keine Kirche mehr betreten und auch ihr Glaube an Gott war nur noch ein Schatten. Zu oft wurde sie von Gott, wenn es ihn denn gab, auf die Probe gestellt. Hatte er jemals ihre Gebete erhört und ihr beigestanden? Nein! Denn weder ihr Mann war aus dem Krieg zurückgekehrt, noch war ihre beste Freundin vom Krebs geheilt worden. Bea sagte oft, sie sei undankbar, weil sie all das Schöne nicht sehe, was Gott ihr schenkte. Doch Claire war es einfach leid, einen "Schönwetter-Gott" anzubeten.

Krampfhaft überlegte Claire, wer ihr womöglich eine gute Freundin sein könnte. Konnte sie einer der Frauen, mit der sie ab und an Kontakt hatte, so sehr vertrauen und mit ihr über Jayden reden? Da gab es ihre ehemalige Klassenkameradin Donna, die in einem Frisörsalon arbeitete und immer alle Neuigkeiten kannte und auch sofort verbreitete; Donnas Zwillingsschwester Nele, die als Lustsklavin von ihrer lesbischen Partnerin gehalten wurde und sogar anschaffen ging für sie; ihre Nachbarin Rebecca, die eindeutig ein Alkohol- und Drogenproblem hatte, aber jeder Entzugsversuch bisher gescheitert war und ihre Arbeitskollegin Felicia, die mit ihrem Stalker selbst mehr als genug zu tun hatte.

Nein, Claire musste sich eingestehen, dass es so eine Freundin zum Reden nicht in ihrem Leben gab.

Kurz überlegte Claire, einen Psychiater aufzusuchen, aber dieser würde nur Unmengen an Geld verlangen, welches sie schlichtweg nicht hatte.

Ihr nächster Gedanke ließ Claire schallend loslachen. Aber dieses Lachen hielt nicht lange an, sondern wurde von bitterlichem Schluchzen nahtlos abgelöst. Nein, zur Polizei konnte sie auch nicht gehen, denn selbst wenn

Jayden wirklich all diese furchtbaren Verbrechen begangen hätte, wäre es trotzdem ihre Pflicht als Mutter, ihn zu beschützen. Und ja, dies würde sie auch immer tun!

# Kapitel 2
## ???

Er hatte sich beeilt, von zu Hause wegzukommen. Alles dort nervte ihn nur noch.

Seine Laune war auf dem Nullpunkt, als er die Tür hinter sich zuzog, aber der Gedanke an seinen neu geschmiedeten Plan wirkte augenblicklich berauschend auf ihn, als er ihm wieder in den Sinn kam.

Leise schlich er die Treppenstufen zu ihrer Wohnung hinauf. Er wusste, dass sie nicht da sein würde. Ihren Schichtplan vom Krankenhaus kannte er auswendig. Auch die neugierige Nachbarin konnte ihm nicht in die Quere kommen, denn diese hatte er gesehen, wie sie wie jeden Mittwochnachmittag zum Einkaufen aufgebrochen war. Nun blieb ihm ein Zeitfenster von ungefähr anderthalb Stunden. Das musste reichen.

Mit geschickten Handgriffen knackte er das Schloss der Wohnungstür. Dass keine Alarmanlage vorhanden war, freute und wunderte ihn gleichermaßen.

Hier, in ihrer Wohnung, sah alles ganz anders aus, als er erwartet hatte. Irgendwie fehlte die Liebe zum Detail bei der Einrichtung. Doch diese Verfehlung würde er ihr nachsehen.

Er spürte die Bewegung in seinem mitgebrachten Beutel. Die Betäubung ließ also nach. Nun musste er sich langsam doch beeilen. Innerlich verfluchte er diesen Umstand, aber er wusste, dass es sein musste.

Verträumt verteilte er verwelkten Blätter auf dem Couchtisch und bettete dann die zuckende Katze darauf.

Dieses Tier da so liegen zu sehen, war eine echte Premiere für ihn, und was er nun gleich vorhatte, auch. Mit einem gekonnten Schnitt mit dem Skalpell schnitt er die Kehle des noch immer halb betäubten Tieres durch und fing das Blut in einem Becher auf. Mit diesem Blut würde er gleich seine Nachricht schreiben. Sein Plan war wirklich genial!

Dann schlitzte er den Bauch der toten Katze auf, holte die Gedärme aus dem leblosen Körper des Tieres und verteilte anschließend das restliche Blut über ihm. Um sein Werk zu vollenden, zündete er rund um den Kadaver drei extra langbrennende Kerzen an.

Ja, genau so hatte er es sich in seiner Fantasie vorgestellt und so real war es sogar noch befriedigender geworden. Schade, dass er nicht dabeibleiben konnte. Wie gerne hätte er ihr Gesicht gesehen, wenn sie seine kleine Inszenierung in ihrer Wohnung entdeckte.

In seiner Vorstellung würde sie schreien und sich dabei die Hand vor den Mund schlagen. Sicher würde sie weinen. Augenblicklich spürte er seine Erektion anschwellen.

Diese Frau war einfach perfekt! Wäre er Gott, würden alle weiblichen Wesen aussehen wie sie. Aber leider war er nicht Gott, auch wenn er sich noch so sehr bemühte. Keine andere konnte je das Level der perfekten Vollkommenheit erreichen.

Doch er wusste, er müsse es langsam angehen. Wenn er zu schnell handelte, war seine Freude nur begrenzt. Und ja, er würde alles mit ihr genießen, aber erstmal mussten ihm seine Fantasien reichen.

Mit einem letzten Blick auf sein Meisterwerk verließ er wieder die Wohnung. Doch bevor er endgültig verschwand, versprühte er noch das Parfüm, das er eigenhändig für seine Göttin erschaffen hatte. Sie würde wissen, dass das alles hier von ihm kam.

Noch immer waren seine Gedanken in ihrer Wohnung, obwohl er schon seit Stunden in seinem Versteck war. Nach Hause wollte er auf gar keinen Fall.

Er begann seine Erektion zu reiben. Dabei dachte er an die Katze zurück. Er hatte sie schnell von ihren Leiden erlöst. Nein, Tierquälerei war nicht seins, aber es diente seinem Zweck und der Ausdruck in den Augen eines sterbenden Tieres war ähnlich dem eines Menschen, was ihn erfreute, denn er liebte diesen einzigartigen Schatten, der durch die Augen zuckte, wenn das Leben den Körper verließ. Er hatte sich seine Göttin dabei vorgestellt, wie sie ihn anbetteln würde, ihr nichts zu tun, wie es alle Weiber immer taten. Keine hatte je verstanden, dass sie selbst es waren, die ihn zu diesen Taten zwangen.

Ein Wimmern riss ihn aus seinen Gedanken. Ah, sie war also aus der Narkose erwacht. Eilig richtete er seine Hose und beachtete dabei sein steifes Glied nicht mehr.

Voller Vorfreude trat er in die kleine Kammer und betrachtete die nackte Frau, die panisch an ihren Fesseln zog. Dieser Anblick war so erregend.

Durch den Verband um ihren Kopf konnte die Frau nichts sehen und hatte ihn noch nicht bemerkt. Absichtlich stieß er gegen einen Eimer, der lautstark umfiel. Das Geräusch ließ die Gefesselte zusammenzucken.

„Wer ist da?"

Ihre Stimme war schrill, nicht so lieblich wie die seiner Göttin. Doch vielleicht war es auch nur die Angst. Behutsam streichelte er über ihre nackte Haut. Wieder zuckte sie zusammen.

16

„Bitte, wer ist da? Wo bin ich? Was wollen Sie von mir?"

Was er von ihr wollte? Dass sie zu SEINER Göttin werde. Doch dafür waren noch einige Veränderungen von Nöten. Eilig zog er einen Stift aus der Tasche und skizzierte schon einmal grob die offensichtlichen Dinge, die an dem Körper der Nackten nicht stimmten. Ihre Brüste waren zu groß und auch nicht fest genug und auch der Bauch musste gestrafft werden. Um die Details würde er sich dann später kümmern. Alles auf einmal konnte er sowieso nicht herrichten.

Ohne jede Eile trat er zu seiner Musikanlage und schaltete die bereits eingelegte CD ein. Wenige Augenblicke später durchfluten klassische Klavierklänge den kleinen Raum.

„Was soll das? Bitte reden Sie mit mir! Wer ist da?"

Er musste sie zum Schweigen bringen! Mit ihren Fragen und dieser schrillen Stimme ruinierte sie noch alles.

Gewissenhaft zog er eine Spritze auf und spritzte den Inhalt in die Kanüle in ihrer Hand. Augenblicklich verstummte die Frau. So war es eindeutig besser!

„Willkommen, Projekt 10!"

Sein Lachen klang fies durch den Kellerraum.

Er drehte die Musik lauter und nahm das Skalpell in die Hand. Es wurde Zeit, seinem Ziel näher zu kommen.

# Kapitel 3
## *Felicia*

Automatisch suchte Felicia mit ihren Augen die Straßen ab. Sie wusste genau, dass er irgendwo da draußen war und sie beobachtete. Wahrscheinlich machte dieser kranke Spinner auch wieder Fotos von ihr, die er ihr sicher bald wieder zuschicken würde.

Anrufe gab es dank der neuen Geheimnummer zum Glück keine mehr seit einigen Wochen, aber Briefe und Pakete erreichten sie weiterhin täglich. Manche Briefe waren geradezu liebevoll verfasst, beinhalteten schöne Gedichte oder Liebesbekundungen. Doch die Mehrheit von ihnen war angsteinflößend und grausam geschrieben.

Die Polizei hatte Felicia bestätigt, dass es sich immer um dieselbe Handschrift handelte. Nur warum waren die Briefe so verschieden? Genau wie die Inhalte der Päckchen. Mal waren es kleine Geschenke, wie zum Beispiel Schmuck, Konzertkarten und Blumen, oder aber, sie bekam kaputte Puppen und sogar tote Tiere zugeschickt.

Zweimal war sie nun schon umgezogen, aber immer hatte sie kurz danach wieder Post erhalten.

Felicia war es einfach leid, erneut umzuziehen, daher hatte sie für sich selbst beschlossen, ihre Lebensumstände mit diesem Unbekannten zu akzeptieren. An einigen Tagen gelang es ihr erstaunlich gut, ihn fast sogar ganz zu vergessen, aber oftmals litt sie sehr unter der Panik und der Angst, was wohl noch kommen möge.

Felicia war froh, endlich ihr Wohnhaus erreicht zu haben. Langsam schritt sie die Treppenstufen zu ihrer Wohnung empor und blieb wie angewurzelt auf der der obersten Stufe stehen, als sie ihre, einen Spalt geöffnete, Wohnungstür erblickte.

Kurz überlegte Felicia, ob sie womöglich vergessen hatte, die Tür zu verriegeln. Aber dies war schier unmöglich, da sie sich sicher war, dies am Morgen noch einmal überprüft zu haben.

Angst kroch durch ihre Glieder, trotzdem stieß sie mutig ihre Wohnungstür auf. Ein ihr bereits vertrauter Geruch stieg ihr sofort in die Nase. Ja, genau so rochen auch immer seine Briefe und Päckchen. Nun war sie sich sicher: Er war hier gewesen! Oder war er es womöglich immer noch? Leise schlich sie den Flur entlang, der sie in ihr üppiges Wohnzimmer führte.

Ein schriller Schrei entfuhr Felicias Kehle und sie torkelte vor Schreck zurück. Dies musste eindeutig ein schlechter Traum sein, nichts davon, was gerade geschah, konnte wirklich wahr sein, oder?

Plötzlich stieß sie an jemanden, der hinter ihr im Flur stand. Mit einem erneuten Schrei drehte sie sich hektisch um. Die Angst und die Panik standen ihr deutlich ins Gesicht geschrieben.

„Ich habe einen Schrei gehört und wollte nachschauen…"

Neugierig blickte Felicias Nachbarin ins Wohnzimmer und stoppte ihre Worte mitten im Satz, als sie die aufgeschlitzte Katze mitten auf dem Wohnzimmertisch erblickte.

„Ich rufe die Polizei!"

Mit diesen Worten eilte Ingrid Miller aus der Wohnung.

Felicia war nicht in der Lage, sich zu bewegen. Wie hypnotisiert starrte sie die mit Blut an die Wand geschmierten Worte an: *Bald bist du mein!*

„Die Tür wurde offensichtlich nicht aufgebrochen. Sie sind sich sicher, dass niemand einen Zweitschlüssel hat?"

Noch immer wie in Trance nickte Felicia dem Police Officer zu. Der Polizist, ein muskulöser, mürrisch dreinschauender Kerl, machte sich Notizen und blickte dann prüfend auf Felicia herab, die sich kraftlos auf den Boden neben der Wohnzimmertür mit angezogenen Knien zusammengekauert hatte.

„Und Sie wissen auch nicht, wer das getan haben könnte?"

Tränen liefen über Felicias Wangen. Was für ein Alptraum!

„Vielleicht ein wütender Ex-Mann?"

Plötzlich spürte Felicia die Wut in sich aufkommen.

„Seit über vier Jahren geht das nun schon! Seit über vier Jahren bin ich Stammkundin in Ihrem Polizeirevier, mache eine Anzeige nach der anderen. Und was hat es mir gebracht? Es wird immer schlimmer! Scheinbar beherrscht niemand bei Ihnen seinen Job! Wenn ich wüsste, wer all den kranken Scheiß macht, hätte ich nicht Sie gerufen, sondern einen Auftragskiller!"

Wutentbrannt war Felicia aufgesprungen. Sie schrie ihre Worte und funkelte dabei Officer McBlance böse an. Dieser hob beschwichtigend die Hände.

„Okay, ich verstehe Sie ja, Miss Sun! Es ist nur so, wir kommen in Ihrem Fall einfach nicht weiter."

„Ach, ehrlich? Das ist mir ja noch gar nicht aufgefallen!"

Der Sarkasmus in ihrer Stimme war unüberhörbar, aber der Officer ignorierte ihn geflissentlich.

„Gut, fangen wir doch noch einmal von vorne an. Und bitte seien Sie etwas umsichtig mit mir, ich habe Ihren Fall erst heute Abend auf den Schreibtisch bekommen."

Erwartungsvoll blickte der Polizist Felicia an, die müde nickte.

„Wollen wir uns nicht erst einmal setzen?"

Voller Abscheu schaute Felicia noch einmal den blutverschmierten Tisch an. Die Katze hatte die Spurensicherung zum Glück schon mitgenommen.

„Kaffee?"

„Sehr gerne, Miss Sun! Danke!"

„Also, es begann alles mit einer Lieferung roter Rosen. Es war eine kleine Karte dabei gewesen: 'Für die schönste Frau der ganzen Welt!' Selbstverständlich hatte ich mich geschmeichelt gefühlt, aber egal wen ich fragte, von niemanden kam das Geschenk. Darauf folgten immer mehr Geschenke und Briefe. Schon damals war mir dieser Geruch aufgefallen…"

„Was für ein Geruch?"

„Ich weiß nicht, so ein eigenartiger. Weder gut noch schlecht. So roch es vorhin auch, als ich in den Flur trat."

„Wurde das im Labor untersucht?"

„Keine Ahnung!"

„Okay, das werde ich in Erfahrung bringen. Bitte fahren Sie fort!"

„Also, weil ich immer noch nicht wusste, von wem die Briefe und Geschenke kamen, hatte ich mich an die Zeitung gewandt, um meinem Rosenkavalier zu danken und vielleicht sogar zu finden. Aber niemand meldete sich.

Dann lagen plötzlich Fotos in den Briefumschlägen. Fotos, die alle mich zeigten. Das war das erste Mal, dass ich es mit der Angst zu tun bekam und ich wandte mich an die Polizei. Doch laut des Polizisten lag kein Verbrechen vor, wenn jemand von mir Fotos machte und mir Geschenke schickte. An diesem Abend erhielt ich den ersten Anruf. Es war ein Mann. Normale Stimme, kein Akzent. Er fragte nur, warum ich zur Polizei gegangen sei. Mehr nicht."

Müde rieb sich Felicia übers Gesicht. McBlance sah ihr deutlich an, wie schwer es ihr fiel, ihm alles zu erzählen.

„Am darauffolgenden Tag kam der erste Brief an, in dem er mich als 'undankbare Hure' beschimpfte und im nächsten Paket lag eine tote Ratte. Beides brachte ich wieder aufs Polizeirevier und wieder wurde ich quasi einfach nur weggeschickt. Jeden Tag bekam ich irgendeine Lieferung. Also hatte ich mir ein neues Apartment gesucht, aber auch dort bekam ich Post. Mal nette Briefe und Geschenke, mal Drohungen und Beschimpfungen und in den Paketen waren tote Tiere, zerstückelte Puppen, Tierkot, Insekten. In jedem dieser unschönen Briefe oder Pakete, ich meine die mit den furchtbaren Inhalten, stand immer dieselbe Nachricht:"

Bedeutungsvoll drehte sich Felicia um und zeigte auf die rote Schrift an der Wand.

„'Bald bist du mein!' Mein Telefon klingelte oftmals stundenlang, ohne dass sich jemanden meldete, wenn ich den Hörer abnahm. Ich hörte immer nur den Atem des Anrufers. Und natürlich kamen immer mehr Fotos von mir: Beim Einkaufen, bei der Arbeit, mit Freunden. Er scheint immer irgendwie in meiner Nähe gewesen zu sein. Es ist einfach alles so schrecklich!"

Felicia begann heftig zu schluchzen. Ihre Kraft drohte abzubrechen.

„Ich weiß, es ist schwer für Sie!"

Aufmunternd tätschelte Officer McBlance Felicias Hand und lächelte ihr zu.

Es war wie Balsam für ihre Seele. Endlich hörte ihr jemand zu. Also straffte Felicia ihre Schultern und nippte an ihrem kalten Kaffee, der wirklich furchtbar schmeckte.

„Nachdem ich wieder bei der Polizei gewesen war und mir dort bestätigt wurde, dass es sich bei allen Nachrichten um dieselbe Handschrift handelte, hatte ich eine Geheimnummer bei der Telefongesellschaft geordert und mir diese Wohnung gesucht. Anrufe kamen seither zum Glück keine mehr, aber weiterhin Briefe und Pakete. Und nun dies…"

Felicia deutete auf den blutverschmierten Tisch und Officer McBlance wusste, was sie meinte, ohne dass sie es laut aussprechen musste.

„War das Ihre Katze?"

„Nein!"

„Hmmm, verstehe."

„Wirklich?"

Skeptisch musterte Felicia den Polizisten ihr gegenüber.

„Leider nein, aber ich verspreche Ihnen, dass ich Ihren Fall ab sofort ernster nehme, als das scheinbar meine Kollegen in der Vergangenheit getan haben! Trotzdem kann ich Ihnen nur ans Herz legen, über Personenschutz nachzudenken."

„Und wie soll ich so jemanden von meinem Krankenschwesterngehalt bezahlen?"

Umständlich kramte Officer McBlance in seiner Jackeninnentasche nach einem Stift und einer Visitenkarte,

auf der er etwas notierte. Dann reichte er Felicia die kleine Karte.

„Hier, wenn etwas ist, rufen Sie mich an, egal zu welcher
Uhrzeit! Und das ist die Nummer eines Freundes, der
Ihnen sicher helfen kann."

# Kapitel 4
## *Barney*

So eine Frau wie Felicia Sun hatte er noch nie getroffen. Bildschön, aber eindeutig eine der Frauen, die sich ihrer Schönheit und Wirkung auf Männer gar nicht bewusst war. Als er sie das erste Mal sah, schob sie sich gerade eine ihrer blonden Haarsträhnen hinters Ohr und lächelte ihn schüchtern an. Sofort war es um ihn geschehen. Eigentlich müsste er väterliche Gefühle für sie hegen, war sie doch höchstens halb so jung wie er, aber er fühlte sich sofort auch körperlich zu ihr hingezogen. Und nicht nur das, der ganze Fall reizte ihn aufs äußerste.

Dass Charly McBlance ihn empfohlen hatte, ehrte ihn sehr. Für Barney war seit Felicias Anruf klar, dass er alles dafür tun würde, um dieser jungen Frau zu helfen. Das war er seinem alten Freund schuldig, wo dieser ihm doch schon so oft den Arsch gerettet hatte.

Seine Gedanken schweiften immer wieder ab. „Konzentriere dich jetzt endlich O'Neill!", schimpfte er gedanklich sich selbst. Was war er, ein liebestoller Teeny? So ging das einfach nicht mehr weiter!

Laut schnaufend erhob Barney seinen fülligen Körper und schlürfte in die Küche. Whisky würde jetzt seine Nerven beruhigen, aber da es erst früh am Morgen war, entschied er sich für Kaffee.

Zurück an seinem Schreibtisch studierte er noch einmal Felicias Akte und machte sich am Rand Notizen, welche Sicherheitsvorkehrungen unbedingt getroffen werden mussten.

Es wurde bereits dunkel, als Barney bei Felicia Suns Wohnung ankam. Er hatte alles dabei, was er fürs Erste benötigen würde. Nachdem er das Sicherheitsschloss und eine alte, aber noch funktionstüchtige Alarmanlage montiert hatte, setzte er sich zu Felicia aufs Sofa und betrachtete das heute eingetroffenen Foto. Es zeigte Felicia beim Shoppen mit ihrer Arbeitskollegin Claire.

„Wissen Sie noch, an welchem Tag das war?"

Felicia schüttelte verneinend den Kopf. Sie schien wie erstarrt.

„Ich weiß, dass das schwer für Sie ist, aber bitte überlegen Sie noch einmal."

Umständlich zog Felicia ihren Terminkalender aus ihrer Handtasche und blätterte mit zitternden Fingern darin herum.

„Das muss vor zwei Wochen gewesen sein, vor dem Spätdienst."

Gedankenverloren drehte Felicia das Bild um und wurde urplötzlich weiß wie eine Kalkwand.

Barney, dem Felicias Veränderung nicht entging, nahm ihr das Foto aus den eiskalten Händen und studierte die geschriebenen Worte: Deine Haare... Warum hast du das nur gemacht?

„Was könnte er damit meinen?"

„Ich war gestern spontan beim Frisör."

„Oh!"

Mehr fiel Barney dazu nicht ein. Diese Frau stand scheinbar wirklich immer unter Beobachtung.

Augenblicklich wurde Barney klar, dass er ihr alleine nicht helfen konnte. Was Felicia Sun brauchte, war eine vierundzwanzig Stunden Bewachung und das sieben Tage in der Woche, ohne Ausnahme. Doch solche Schutzmaßnahmen waren teuer, das wusste er und ganz ohne finanzielle Hilfe konnte auch er nichts für sie tun.

Er brauchte einen Plan B! Doch wen könnte er als Geldgeber gewinnen? Gab es da nicht Stiftungen, die den Opfern halfen? Oder so etwas wie Zeugenschutzprogramme? Doch Felicia Sun war weder eine Zeugin, noch ein *richtiges* Opfer, denn so lange nichts passierte, war die Polizei machtlos. Und auch war das ganz sicher noch kein Fall für das FBI, erst müsste schlimmeres passieren, als eine tote Katze und unzählige Briefe. Doch dann war es sicher für Felicia schon längst zu spät, vermutete Barney.

Frustriert raufte er sich sein bereits ergrautes schütteres Haar. Sicher konnte er ein paar Gefallen von seinen Kollegen einfordern, aber das würde einfach nicht genug sein.

In der Nacht kam ihm die zündende Idee. Er hatte vor einigen Jahren einem Milliardär das Leben gerettet und dieser schuldete ihm noch einen Gefallen. Barney war sich selbst nicht sicher, warum er unbedingt dieser Felicia helfen wollte, aber Fakt war, er wollte es mit jeder Faser seines Körpers.

# Kapitel 5
## ???

Stolz betrachtete er sein Werk. Ja, die Perfektion schien zum Greifen nahe. Nur noch wenige Änderungen und er hatte es geschafft.

Geradezu zärtlich streichelte er über die winzig kleinen Narben an ihrem Körper, die seine Veränderungen quittierten und eine Welle von Hochmut durchströmte ihn, als er bemerkte, dass sein Projekt 7 bei seiner Berührung nicht wie sonst zusammenzuckte. Es bestand also wirklich Hoffnung!

„Wirst du mir ein gutes Weib sein und tun, was ich sage?"

Sein Dreitagebart kratzte grob am Ohr der jungen Frau und seine raue Stimme ließ ihr das Blut in den Adern gefrieren. Ängstlich nickte sie und traute sich dabei nicht, ihren Peiniger anzusehen.

„Gut! Dann werde ich jetzt deine Fesseln lösen. Aber denke nicht einmal daran, abzuhauen! Das Halsband, das du trägst, sendet Signale. Damit weiß ich nicht nur, wo du bist, sondern wenn du dich entfernst, kommen Stromstöße, die mit jedem Meter, den du dich entfernst, heftiger werden. Bist du zu weit gegangen, explodiert es. Nimmst du es ab, explodiert es auch. Kapiert?"

Seine Worte ließen sie fast ohnmächtig werden. Nur mit Mühe brachte sie ein erneutes Nicken zustande.

„Okay, meine Schöne, dann wollen wir mal!"

Mit aller Ruhe zerschnitt er die Kabelbinder, die ihre Hand- und Fußgelenke an das Bett fesselten.

Die Gelenke der Frau schmerzten und sie rieb augenblicklich die blutunterlaufenden Striemen.

„Wenn du machst, was ich sage, verspreche ich dir, dir nicht weh zu tun. Versagst du dich mir allerdings, wird es mir eine Freude sein, dich zu maßregeln. Ich bin kein reiner Sadist, aber ich foltere gern. Merk dir das! Und nun blas!"

Sein Ton ließ keinen Widerspruch zu und instinktiv wusste die Frau, dass sie gehorchen musste, wenn sie überleben wollte. Angeekelt nahm sie seinen harten Penis in den Mund und ertrug tapfer, was er von ihr verlangte.

Ein spitzer Schrei entfuhr ihrer Kehle, als sie ihr Gesicht im Spiegel erspähte. Großer Gott, was hatte er mit ihrem Gesicht gemacht? Sie sah aus wie...

Sie wusste nicht, wie wer sie jetzt aussah. Ihre Wangenknochen saßen höher, ihre etwas zu große Nase war nun eine zarte Stupsnase, ihre Lippen waren voller, ihre Stirn war glatt und faltenlos, ihre Augen wirkten größer und ihre Haare waren bedeutend kürzer als vorher mit mehr blonden Strähnen. Vorsichtig betrachtete sie den Rest ihres nackten Körpers. Ihre Brüste waren deutlich praller und ihr Bauch und Hinterteil um einiges dünner. Da war ein wahrer Meister am Werk gewesen, das konnte sie sofort erkennen und die kleinen zarten Narben würden sicher auch bald nur noch erahnbar sein.

Nachdem sie den ersten Schock überstanden hatte, musste sie zugeben, dass ihr ihr Spiegelbild sehr gefiel. Augenblicklich fühlte sie sich sexy und war dem Schöpfer ihres neuen Aussehens dankbar.

Doch so schnell wie sie das Hochgefühl durchströmt hatte, folgte sogleich Scham. Wie konnte sie einem Mann dankbar sein, der sie verschleppt hatte, sie gegen ihren Willen festhielt, sie etliche Male operiert hatte und sie jeden Tag mehrfach missbrauchte? Zudem musste sie doch immer um ihr Wohl und ihr Leben fürchten. Diese kontroversen Gefühle setzten ihr wirklich sehr zu. Was sollte sie denn nur machen?

Erschöpft legte sich die verängstigte Frau in das Bett, das mitten im Raum stand, und weinte sich leise in den Schlaf.

# Kapitel 6
*Felicia*

Es kam ihr vor wie eine realgewordene Filmszene. Dieser Barney O'Neill war ein wahrer Zauberkünstler. Anders konnte sich Felicia nicht erklären, dass dieser Mann geschafft hatte, eine vierundzwanzig Stunden Bewachung für sie zu organisieren, ohne dass sie auch nur einen Penny beisteuern musste. Bei Gelegenheit musste sie sich erkenntlich zeigen, nur wusste sie noch nicht genau wie. Vielleicht würde sie ja etwas bei ihren Weihnachtseinkäufen für Barney entdecken.

Gerade war sie mit Sally, eine von Barneys ausgesuchten Personenschützern, unterwegs zur *Manhattan Mall.* Wenn sie in diesem Einkaufszentrum nicht fündig werden sollte, standen die Sterne schlecht, überhaupt etwas für Barney zu finden. Aber so pessimistisch wollte Felicia erst gar nicht denken.

Mit Sally shoppen zu gehen, war eine gelungene Abwechslung, denn die hochgewachsene Blondine hatte eindeutig Stil und einen guten Geschmack.

„Hier, Miss Sun, probieren Sie das an. Das steht Ihnen sicher ausgezeichnet."

Breitgrinsend hielt Sally ein dunkelblaues Cocktailkleid in die Luft, das so atemberaubend schön aussah, dass Felicia buchstäblich die Luft wegblieb.

„Meinen Sie wirklich?"

Die Blondine nickte ihr tatkräftig entgegen und ehe sich Felicia versah, stand sie auch schon mit dem Kleid in der Anprobe.

Das Kleid passte wie angegossen und Felicia drehte sich bewundernd vor dem Spiegel hin und her.

„Ich wusste doch, dass es Ihnen steht, Miss Sun."

Noch einmal lächelte Felicia ihrem Spiegelbild entgegen und ging dann in die Ankleidekabine zurück. Als sie wieder herauskam, hängte sie schweren Herzens das Kleid zurück an seinen Platz.

„Sie kaufen es nicht, Miss Sun?"

Verwundert blieb Sally stehen.

„Dafür habe ich im Moment kein Geld."

Schulterzuckend und mit erhobenem Kopf schritt Felicia an Sally vorbei in Richtung Ausgang. Diese musterte sie von unten bis oben, sagte aber kein Wort.

„Ähm, Miss Sun! Meinen Sie, ich könnte Sie für eine Stunde alleine weitershoppen lassen? Ein alter Freund hat mir gerade geschrieben, dass er hier in der Mall ist und naja, ich habe ihn ewig nicht mehr gesehen und…"

„Natürlich!", unterbrach Felicia Sallys Erklärungen, ohne an die Konsequenzen zu denken. Barney musste das ja nie erfahren. Und was sollte ihr schon hier groß passieren?

Dankbar lächelte Sally Felicia an und suchte dann schleunigst das Weite, scheinbar aus Angst, Felicia könnte es sich noch einmal anders überlegen.

Grinsend setzte Felicia ihren Weg fort. Sie hatte ihre Mission, ein Geschenk für Barney zu finden, noch nicht erfüllt.

Gedankenverloren schlenderte Felicia an den weihnachtlich geschmückten Schaufenstern vorbei, blieb hier und da stehen und genoss es sichtlich, nach langer Zeit mal wieder alleine unterwegs zu sein, denn seitdem sich Barney ihrer Sache angenommen hatte, klebte immer irgendjemand vom Personenschutz wie ein Schatten an ihr.

Augenblicklich bekam Felicia ein schlechtes Gewissen, denn auf keinem Fall wollte sie undankbar sein. Barney machte seinen Job mehr als hundert Prozent gewissenhaft und darüber war sie auch sehr froh.

Während all dieser Gedanken blieb Felicia urplötzlich stehen. Irgendetwas stimmte nicht, doch konnte sie nicht auf Anhieb benennen, was diese innere Unruhe in ihr aufkommen ließ. Und dann fiel es ihr wie Schuppen von den Augen: Der Geruch! Es war derselbe Duft, der sie stets umfing, wenn sie einen Brief oder ein Päckchen von ihm öffnete. Und es war auch derselbe, den sie in ihrer Wohnung wahrgenommen hatte, bevor sie die tote Katze aufgebahrt auf ihrem Wohnzimmertisch entdeckt hatte.

Die Haare in Felicias Nacken richteten sich auf und pure Panik durchzuckte ihren Körper. Er war hier! Hektisch drehte sie sich nach allen Seiten um, konnte aber nichts Auffälliges entdecken.

Aber nach wem suchte sie überhaupt? Felicia versuchte, ein bekanntes Gesicht auszumachen, aber da war einfach niemand.

In ihrer Angst stürmte Felicia in das nächste Modegeschäft, ergriff achtlos ein Shirt aus dem Regal und stolperte damit direkt in die Ankleide.

Erst als sie den Vorhang hinter sich zugezogen hatte, atmete sie hörbar aus und ließ sich auf die gepolsterte Bank mit angezogenen Knien sinken. Das war eindeutig ein Alptraum!

Zitternd schloss Felicia ihre Augen und zählte langsam bis zehn. Sie durfte jetzt nicht völlig ausflippen. Was sollte sie nur tun?

Ihr fiel Sally ein.

Ungeschickt zog Felicia ihr Handy aus ihrer Handtasche und wählte Sallys Nummer, was ihr erst beim zweiten Versuch gelang. Gespannt lauschte Felicia, doch statt einem Klingeln, vernahm sie nur die Mailbox-Ansage.

„Scheiße!", fluchte Felicia laut und schlug sich sogleich mit der Hand vor den Mund.

Tief atmete Felicia noch einmal ein und wieder aus und überlegte dabei, was sie nun tun sollte. Barney!

Innerlich beglückwünschte sich Felicia selbst zu dieser brillanten Idee, während sie Barneys Nummer wählte. Doch die Ernüchterung kam, als sie auch bei Barney nur die Mailbox erreichte.

Kurz überlegte Felicia, ob sie wirklich eine Nachricht hinterlassen sollte. Sie wollte eigentlich Sally schützen, aber falls ihr etwas zustoßen sollte, brauchte Barney vielleicht einen Anhaltspunkt, wo sie zuletzt gewesen war.

„Hi, ich bin es, Felicia Sun. Ich bin in der *Manhattan Mall*, in irgendeinem Modegeschäft. Er ist hier! Ich habe ihn gerochen. Barney, ich habe solche Angst. Ich weiß, ich hätte nicht alleine gehen dürfen, aber… Bitte, Barney, was soll ich denn jetzt nur tun?"

Als ihre Stimme versagte, drückte Felicia ihr Telefon aus.

Zitternd umfasste Felicia ihre Knie und legten den Kopf mit geschlossenen Augen ab. Ihre Gedanken schwirrten wild durcheinander.

„Ist alles in Ordnung, Miss?"

Die piepsige Stimme der Verkäuferin ließ Felicia zusammenzucken. In diesem Moment wurde ihr bewusst, dass sie hier nicht für immer bleiben konnte.

Eilig stand Felicia auf und schaute erschrocken in den Spiegel. War die Frau wirklich sie selbst, die ihr da entgegenblickte?

Tapfer straffte Felicia die Schultern und trat aus der Kabine.

„Es passt nicht", sagte sie mit einem aufgesetzten Lächeln zu der verdutzt schauenden Verkäuferin und setzte zum Gehen an.

Im Geschäft roch es nach neuen Stoffen, was Felicia als sehr tröstlich empfand. Vielleicht hatte sie sich das alles auch nur eingebildet? Doch tief in ihrem Inneren wusste Felicia, dass es nicht so war, doch sie bereute ihren Anruf bei Barney. Was jetzt wohl aus Sally werden würde?

# Kapitel 7
## *Barney*

Sein Herzschlag beschleunigte sich augenblicklich, als er Felicias Nachricht von seiner Mailbox abhörte. Einmal nahm er sich einen Tag frei und dann passierte so etwas.

Sofort rief er Felicia Sun zurück. Ihr Telefon klingelte und klingelte, dann sprang die Mailbox an. Shit, das konnte doch wohl nicht wahr sein. Was war passiert? Warum erreichte er sie nicht?

Eilig suchte Barney die Telefonnummer des Einkaufszentrums im Internet heraus und ließ sich direkt mit dem Sicherheitsdienst des Centers verbinden. Diesem erklärte Barney knapp, worum es ging und ließ dann Felicia ausrufen. Wenn sie wirklich noch in der Mall war, würde er sie auf diesem Weg so am schnellsten und einfachsten ausfindig machen können.

Nachdem er das erledigt hatte, rief er Sally an. Noch war sie nicht gefeuert und konnte direkt vor Ort nach Felicia suchen. Er selbst würde zu ihrer Wohnung fahren. Vielleicht war sie ja auch bereits dort.

Sally war das personifizierte schlechte Gewissen, aber das war Barney egal. So ruhig wie möglich erklärte er ihr, was sie nun tun sollte. Seinen Zorn würde sie später noch zu spüren bekommen. Oberste Priorität war es jetzt, Felicia zu finden, um Sally würde er sich später kümmern.

Eine Stunde später hatte er immer noch kein Lebenszeichen von Felicia erhalten. Es war zum aus der Haut fahren. Miesgelaunt rief Barney seinen Freund Charly McBlance an.

„McBlance, sie ist verschwunden!"

„Wie konnte das geschehen?"

Officer McBlance wusste sofort, wen Barney meinte.

„Sie war in der *Manhattan Mall*, danach fehlt jede Spur von ihr. Ich brauche deine Hilfe!"

Die nächste halbe Stunde verbrachten die zwei Freunde damit am Telefon zu beratschlagen, was nun zu tun sei. Für eine Vermisstenanzeige war es noch viel zu früh, aber beiden Männern war klar, dass die Lage durchaus ernst war.

Sichtlich aufgebracht tigerte Barney in seinem Büro umher. Es kam nicht oft vor, dass er nicht wusste, was er tun sollte.

Das Läuten seines Telefons ließ ihn zusammenzucken. Hoffnungsvoll meldete er sich, doch es war nicht Felicia Sun wie erhofft, sondern Charly McBlance.

„Wir haben sie! Sie wurde ins *Lenox Hill Hospital* gebracht."

„WAS? Was hat er ihr angetan?"

Innerlich machte sich Barney auf jede Antwort gefasst.

„Scheinbar nichts! Sie ist in ihrer Panik vor ein Auto gelaufen. Der Fahrer des Wagens ist völlig fertig. Laut seiner Aussage, tauchte sie wie aus dem Nichts auf. Und ich glaube ihm!"

„Ist sie schwer verletzt?"

„Die Ärzte kümmern sich um sie. Treffen wir uns, sagen wir in zwanzig Minuten, dort?"

Nachdem Barney die Frage bejaht hatte, legte er den Telefonhörer auf. Sie lebte! Das waren ausgezeichnete Nachrichten.

Als Barney im Krankenhaus ankam, war Felicia noch immer nicht bei Bewusstsein. Von McBlance hatte er schnell alle wichtigen Informationen erhalten. Viele waren es nicht und wenn Barney genau darüber nachdachte, hatte er nichts Neues erfahren. Frustriert rieb sich Barney über die Nasenwurzel und schob dabei seine Brille nach oben, die daraufhin runter zu rutschen drohte. Schnell richtete er das Gestell auf seiner Nase und dachte über seinen Fall nach.

# Kapitel 8
## *Claire*

Erschrocken zuckte Claire zusammen, als sie Felicia im Krankenhausbett erblickte. Felicia und sie arbeiteten nun schon seit über vier Jahren hier im Krankenhaus zusammen und obwohl Felicia deutlich jünger war als Claire, waren die zwei Frauen richtig gute Freundinnen geworden. Manchmal fragte sich Claire schon, ob sie wohl eine Art Mutterersatz für Felicia war, aber im Grunde war das ja auch gar nicht wichtig.

„Oh, mein Gott, Felicia! Was ist passiert? Wie geht es dir?"

Mühsam versuchte sich Felicia in dem metallenen Bett aufzurichten und stöhnte dabei leise auf. Alles in ihrem Körper tat ihr weh. Als sie den Blick hob, schaute sie in das besorgte Gesicht ihrer Freundin. Felicia versuchte zu lächeln, schaffte es aber nicht.

„Ich bin vor ein Auto gelaufen."

Fassungslos schüttelte Claire den Kopf und studierte die Krankenakte ihrer Freundin. Nicht auszudenken, was Felicia alles hätte passieren können. Sie hatte wirklich Glück im Unglück gehabt, obwohl Claire natürlich wusste, dass der Schmerz von zwei gebrochenen Rippen und eine Gehirnerschütterung nicht ohne waren.

„Und du bist dir sicher, dass er da gewesen ist?"

Langsam nickte Felicia mit ihrem Kopf. Ihr Schädel dröhnte höllisch. Auch ihr war bewusst, dass sie wirklich Glück gehabt hatte.

„Ja, das bin ich! Was ist mit dem Fahrer des Autos? Ist er okay?"

Claire beäugte aufmerksam ihre Freundin. Natürlich machte sich Felicia selbst in dieser bescheidenen Situation immer noch Gedanken um andere. So war sie nun mal und genau diesen Charakterzug liebte Claire so an ihr.

„Naja, du hast ihn ganz schön durcheinander gebracht. Aber ihm geht es gut. Nur sein Wagen…"

Mitten im Satz verstummte Claire. Was machte sie da eigentlich? Felicia sollte sich jetzt wirklich nicht wegen ein bisschen Blechschaden aufregen müssen.

„Oh Gott! Wie schlimm ist es?"

Felicia so ängstlich zu sehen, brach Claire fast das Herz.

„Quatsch, überhaupt nicht schlimm! Ruh dich jetzt erstmal aus! Ich schaue später noch einmal nach dir."

Mit diesen Worten eilte Claire aus dem Zimmer und stieß auf dem Flur mit Officer McBlance und Barney O'Neill zusammen.

„Können wir zu Miss Sun?"

Claire nickte den beiden Männern zu und suchte dann schleunigst das Weite. Sie wollte auf jeden Fall vermeiden, mit der Polizei zu reden.

Ihre Gedanken wanderten wieder zu ihrem Sohn. Jayden war jetzt schon seit über zwei Wochen nicht heimgekommen und sie hatte nicht die geringste Ahnung, wo er sich aufhalten könnte. Doch eine Vermisstenanzeige traute sie sich auch nicht aufzugeben, viel zu schlimm waren ihre Befürchtungen.

Ihre Schicht im Krankenhaus verlief heute relativ ruhig. Kurz vor Feierabend hatte sie nochmal bei Felicia vorbeigeschaut. Zum Glück ging es ihrer Freundin schon besser.

„Hey Mum!"

Erschrocken fuhr Claire aus ihren Gedanken und blickte Jayden an, der lässig auf der Couch im Wohnzimmer saß. Sie war unfähig etwas zu sagen und starte ihn an, als ob er ein Geist wäre.

„Ist alles in Ordnung?"

Seine Stimme drang bedrohlich zu ihr vor. War das ihre Chance? Sollte sie mit ihm reden? Bevor sie den Mut fassen konnte, schüttelte sie den Kopf.

„Alles gut! Es war nur ein schrecklicher Tag."

„Ach ja?"

Mit einem Mal bekam Claire es wirklich mit der Angst zu tun, als sie das böse Funkeln in seinen Augen erblickte.

Mit klopfendem Herz setzte sie sich auf den Sessel. Ihre Hände zitterten, wie auch ihre Stimme, die nicht mehr als ein Flüstern war.

„Ja, Felicia liegt im Krankenhaus."

„WAS? Was ist passiert?"

Erschrocken schnellte Jayden hoch. Sein Gefühlsausbruch kam überraschend für Claire und die Sorge in seinem Gesicht zu sehen, verblüffte sie umso mehr, auch wenn sie schon seit langem vermutete, dass Jayden heimlich Felicia anbetete. Nur bisher war ihr Sohn immer zu schüchtern gewesen, mit Felicia zu flirten. Über Felicias Gefühle vermochte Claire nichts zu sagen.

„Sie wurde von einem Auto angefahren. Aber es geht ihr den Umständen entsprechend gut."

Mühsam versuchte Claire zu lächeln.

Liebevoll ergriff Jayden Claires kalten Hände und streichelte zärtlich über ihre Fingerknöchel.

So hatte Claire ihren Sohn lange nicht erlebt. Augenblicklich füllten sich ihre Augen mit Tränen.

„Sie wird wieder gesund, Mum!"

Seine Worte klangen nicht, als ob er sie an sie gerichtet hatte. Was ging nur in dem Kopf ihres Jungen vor? Claire verstand ihn einfach nicht. Noch bevor Claire das Verhalten ihres Sohnes weiter analysieren konnte, sprang dieser auf und ließ dabei ihre Hand los.

„Ich muss nochmal los! Warte nicht auf mich!"

Claire brauchte einen Moment, um den Gehalt seiner Worte zu verstehen und blinzelte ihn fragend an.

Schnell hauchte er ihr einen Kuss auf die Wange und verschwand dann in die Nacht hinaus, ohne sich noch einmal nach seiner Mutter umzudrehen.

# Kapitel 9
## ???

Was war das nur für ein Tag? Er hatte so perfekt begonnen, als er seine Göttin im Einkaufszentrum gesehen hatte. Und wie erregend es für ihn war, als er merkte, dass sie genau wusste, dass er auch da war. Jedoch wollte er ihr keine Angst machen! Heute nicht! Er wollte sie betrachten und sich an ihrem Anblick ergötzen. Doch sie hatte Angst bekommen und hatte sich in der Boutique versteckt. Und wie er nun erfahren hatte, war sie in ihrer Panik auch noch vor ein Auto gelaufen und lag nun im *Lenox Hill Hospital*.

Laut fluchend schlug er mit der Faust gegen den hölzernen Türrahmen. Er allein wollte entscheiden, wann sie Angst hatte und wann nicht! Aber dieses Frauenzimmer machte immer das, was es wollte. Unsagbare Wut stieg in ihm auf. Es war an der Zeit, mal wieder Dampf abzulassen.

Ohne Umwege fuhr er direkt zu seinem Versteck. Der Weg dorthin wurde immer beschwerlicher. Der Wald schien die Straße regelrecht zu verschlingen und zu seinem zu machen, was ihm sehr recht war, denn so würde niemand sein Versteck je finden.

Am Eisentor angekommen, gab er den Code der Alarmanlage ein und passierte dann das quietschende Tor. Seine Gedanken kreisten in seinem Kopf. Er wusste, heute würde eine seiner Projekte ihm das letzte Mal viel Vergnügen bereiten und er würde alles mit ihr genießen.

Langsam öffnete er die schwere Metalltür der Villaruine. Routinemäßig schaltete er das Alarmsystem wieder ein und stieg dann die Stufen zum Keller hinab.

Er liebte diesen kalten modrigen Geruch. Hier war er Gott.

Lächelnd betätigte er den versteckten Hebel, um die Geheimtür zu öffnen. Geräuschvoll bewegte sich diese und schloss sich wenige Augenblicke wieder hinter ihm.

Ehrfürchtig betrachtete er die zehn Monitore an der Wand, von denen nur noch fünf eingeschaltet waren. In vier Jahren gab es sechs Fehlschläge.

Projekt 1 starb bei der fünften Operation. Er war einfach zu ungeduldig gewesen und hatte nicht bedacht, dass zu oft narkotisiert zu werden, nicht jeder Organismus verkraftet. Aber ihr Tod hatte auch was Gutes, denn er konnte viel an dem Körper üben und auch eine Leiche zu ficken, war eine großartige Erfahrung gewesen. Bevor er sie dann im *Central Park* entsorgt hatte, hatte er ihr Gesicht gehäutet und den Körper zerstückelt.

Auch Projekt 3 und 9 hatte er im Park abgelegt, beziehungsweise das, was von ihnen noch übrig gewesen war. Beide hatten ihm einfach nicht gehorchen wollen und als sie fliehen wollten, regelten die Halsbänder den Rest, indem sie explodierten.

Projekt 8 war die erste, die er mit voller Absicht aus dem Leben nahm. Er hatte sich bei einer Operation verschnitten und dadurch hätte sie nie aussehen können wie seine Göttin. Also musste sie sterben! Er hatte ihr erst die Augen ausgestochen, denn diese ähnelten denen seiner Göttin einfach zu sehr. Ihre Schreie würde er wohl nie vergessen und auch nicht die Geilheit, die ihm dabei überkam. Blut statt Tränen lief ihr übers Gesicht, während er sich an ihr verging und bevor er abspritzte, drückte er ihre Kehle so fest zu, bis sie endlich verstummte. In diesem Moment bereute er, dass er ihr nicht beim Sterben in die Augen hatte sehen können. In seiner Wut, über sich selbst, hatte er sie dann mit Säure übergossen und auch ihren toten Kadaver dann im *Central Park* verschwinden lassen.

Der Gedanke, in die Augen einer sterbenden Frau sehen zu wollen, hatte ihn ab diesem Tag nicht mehr losgelassen. Also würgte er beim nächsten Fick eine der übriggebliebenen Projekte, bis sie bewusstlos war. Ab dem Tag war ihm klar, warum einige so auf Atemkontrolle abfuhren. Es war der dünne Grad zwischen Leben und Tod. Er alleine konnte entscheiden. Er war Gott. Und zu sehen, wie eine Art Schatten durch die Augen fuhr, wenn das Leben so langsam aus dem Körper glitt, war aphrodisierender als jedes Wundermittel der Welt. Dieser Rauschzustand hatte Projekt 4 das Leben gekostet, denn er hatte einfach nicht aufhören können, ihr die Kehle zuzudrücken. Und bei Projekt 6 wollte er nicht aufhören. Er wollte sie würgen und in den Tod ficken.

Jede der Frauenleichen hatte er unkenntlich gemacht und dann im *Central Park* abgelegt.

Voller Erregung dachte er an diese sechs Projekte zurück und starrte dabei auf die Monitore. Vier Projekte waren noch da, aber nur eine war nahezu perfekt: Projekt 7! Sie würde er heute auf gar keinen Fall aufsuchen, denn er spürte seine Wut erneut in sich kochen und wusste instinktiv, dass er heute eine brauchte, die er bis in den Tod quälen konnte.

„Ene, mene muh und raus bist du!"

Mit einer Engelsgeduld zählte er eine nach der anderen ab, bis nur noch Projekt 5 übrig war. Die Entscheidung war also gefallen!

Lächelnd betrachtete er die schlafende Frau. Ja, diese würde ihm seine Wut nehmen können, da war er sich sicher.

# Kapitel 10
## *Felicia*

Verschlafen öffnete Felicia die Augen. Hatte sie geträumt oder war eben jemand in ihrem Zimmer gewesen?

Ängstlich blickte sie sich um, konnte aber niemanden sehen. Ihre Nerven lagen eindeutig blank, anders konnte sie sich ihre Paranoia nicht erklären.

Der gestrige Tag erschien wieder in ihren Gedanken. Sie fühlte die Angst und die Hilflosigkeit mehr denn je. Wie konnte ein Duft sie nur so verschrecken? Sie wusste warum: Weil er von ihm kam! Aber was wollte dieser Typ von ihr? Lieben war ja die eine Sache, aber Angst machen? Egal wer es war, derjenige war eindeutig gestört und pervers.

Das sanfte Klopfen an die Tür, ließ Felicia zusammenzucken.

„Ja?"

Vorsichtig öffnete sich die Tür und Barney trat herein. Augenblicklich bekam Felicia bei seinem Anblick ein schlechtes Gewissen. Sie hätte einfach nicht alleine im Einkaufszentrum herumlaufen dürfen. Barney gab sich so viel Mühe mit ihrem Schutz, aber wie sollte dieser Mann Erfolg haben, wenn sie selbst so unvorsichtig war?

„Es tut mir leid!"

Felicias Stimme zitterte und sie war den Tränen sehr nahe.

„Schon gut! Entschuldigungen hatten wir ja nun zu Genüge. Ich hoffe nur, Sie haben etwas daraus gelernt!"

Kleinlaut bejahte Felicia Barneys Frage und war dabei nicht fähig, ihm in die Augen zu blicken.

„Na, wenigstens etwas! Ist Ihnen noch etwas eingefallen?"

Langsam schüttelte Felicia den Kopf und überlegte dabei angestrengt, ob sie womöglich ein kleines Detail vergessen haben könnte. Aber nein, da war einfach nichts.

„Okay!"

„Was ist mit Sally?"

„Gefeuert!"

Barney blickte Felicia verwirrt an, als ob das nicht klar auf der Hand gelegen hätte.

„Aber…"

„Nichts aber!", unterbrach Barney Felicia barsch. „Wenn ich mich auf jemanden nicht verlassen kann, ist derjenige untragbar für mich. Nicht auszudenken, wenn Ihnen etwas passiert wäre."

Sein Blick war nun wieder weich und liebevoll. Es brach Felicia fast das Herz zu wissen, wie viel Kummer sie Barney bereitet hatte.

„Ich muss nun auch wieder los. Ruhen Sie sich aus."

Mit diesen Worten ging Barney aus dem Zimmer und noch bevor sie über alles nachdenken konnte, was Barney zu ihr gesagt hatte, schallte ein schüchternes „Hallo" durch den Raum.

Großer Gott, hier ging es ja wirklich zu wie im Taubenschlag. Innerlich stöhnte Felicia und blickte dann überrascht ihren Besucher an.

„Jayden! Hallo! Wie komme ich denn zu dieser Ehre?"

„Ich wollte zu meiner Mutter. Sie hat mir erzählt, dass du einen Unfall hattest."

Noch immer stand Jayden befangen im Türrahmen, scheinbar unschlüssig, ob er wirklich eintreten sollte. Irgendetwas an seinem Verhalten fand Felicia merkwürdig. Sie konnte aber nicht benennen, was.

„Wie geht es dir?"

„Gut! Wenn die Untersuchungsergebnisse zufriedenstellend sind, darf ich morgen wieder nach Hause. Ich glaube, deine Mutter hat heute gar keinen Dienst."

„Ja, das weiß ich jetzt auch."

Niedergedrückt lächelte Jayden ihr zu.

„Es tut mir so leid…"

Mitten im Satz brach Jayden ab und Felicias Unbehagen wuchs erneut an.

„Das braucht es nicht! Möchtest du nicht reinkommen?"

„Nein! Ich muss wieder los!"

Eilig wirbelte Jayden um seine eigene Achse und bemerkte dabei die Blumen in seiner eigenen Hand.

„Hier!"

Jayden machte einen Schritt auf Felicia zu und gab ihr einen Strauß roter Rosen.

Wie in Trance nahm Felicia die Blumen. Ihr Gesicht war kreidebleich geworden.

„Ist alles in Ordnung? Geht es dir nicht gut? Soll ich einen Arzt rufen?"

Jayden blickte sie aufrichtig besorgt an.

„Die Blumen… Du…"

Plötzlich bekam Felicia keine Luft mehr. Alles begann sich zu drehen und dann wurde alles schwarz um sie herum.

„Großer Gott!"

Augenblicklich ließ Jayden die Rosen fallen und rannte panisch schreiend auf den Flur.

Nur wenige Sekunden später herrschte heides Durcheinander in Felicias Krankenzimmer. Zwei Ärzte und drei Krankenschwestern kümmerten sich um die ohnmächtige Felicia. Jayden stand wie versteinert an den Türrahmen gelehnt und wusste nicht so recht, was er tun sollte.

„Was ist passiert?"

Einer der Ärzte blickte Jayden durchdringlich an.

„Ich weiß es nicht! Ich habe ihr die Blumen gegeben und dann hat sie die Augen verdreht."

„Eine allergische Reaktion vielleicht?"

In diesem Moment betrat Barney aufbrausend das Krankenzimmer und funkelte Jayden feindselig an. Dieser schickte sich sogleich an, stiften zu gehen, doch Barney hielt ihn auf.

„Nichts da! Sie bleiben hier, bis alles geklärt ist!"

„Miss Sun! Was machen Sie nur für Sachen? Willkommen zurück!", drangen die Worte der Chefärztin zu Jayden und Barney hinüber.

Augenblicklich drehten sich beide Männer zu Felicia.

„Die Blumen... Jayden..."

„Was ist mit den Blumen?"

Alle Alarmglocken schellten plötzlich zusammen in Barneys Kopf. Er packte Jayden am Kragen und drückte ihn gegen die Wand.

„Keine Ahnung! Wirklich! Die sind nicht von mir! Unten am Eingang hat mich ein Typ angesprochen, dass ich ja der Sohn von Claire Blade sei und ob ich auch Felicia Sun kenne. Dann hat er mir die Blumen gegeben und gemeint, ich solle sie Felicia von ihm bringen. Sie wisse schon, von wem die sind. Ich schwöre bei meinem Leben, dass es so war!"

Barney lockerte etwas seinen Griff, ließ aber Jayden nicht los.

„Und wie sah dieser Typ aus?"

„Keine Ahnung! Normal halt. Was ist los? Was ist mit den verdammten Blumen, Felicia?"

„Sie sind von ihm. Ich dachte du wärst es…"

Kraftlos ließ sich Felicia in ihr Kissen zurücksinken.

„Wer dachtest du bin ich?"

„Sind Sie sich sicher, Miss Sun?"

„Ja! Der Geruch. Riechen Sie den denn nicht?"

Keiner der beiden reagierte auf Jaydens Frage.

Barney hob den Blumenstrauß vom Boden und hielt ihn sich unter die Nase. Auch er nahm jetzt dieses unnatürliche Aroma wahr.

„Derselbe wie bei den Briefen", stellte Barney nüchtern fest.

„Derselbe was? Wer dachtest du bin ich? Klärt mich mal bitte jemand auf!?"

Jaydens journalistischer Instinkt schien augenblicklich zum Leben erwacht zu sein. Oder war da womöglich mehr? Schnell schob Felicia diesen Gedanken Beiseite. Jayden war der Sohn ihrer Freundin Claire.

Müde richtete sich Felicia in ihrem Bett auf.

„Alles, was ich dir sage, muss in diesem Zimmer bleiben, Jayden! Keine Story! Verstanden?"

Bedächtig nickte Jayden Felicia zu und zog sich dann einen Stuhl vor ihr Bett. Auf diesen setzte er sich und lauschte dann gebannt Felicias Erzählungen.

Während Felicia redete, kribbelte ihre Kopfhaut, trotzdem fühlte sie sich sicher, denn Barney war bei ihr.

# Kapitel 11
## ???

Leise betrat er das Zimmer von Projekt 5. Sein Glied pulsierte schon jetzt hart in seiner Hose vor lauter Vorfreude.

Ohne jede Eile zog er die Decke von ihr und torkelte augenblicklich bei ihrem Anblick vor Entsetzen zurück.

Wie konnte das hier geschehen?

Fassungslos blickte er die verängstigte Frau mit den weitaufgerissenen Augen an. Dann stürmte er wutentbrannt aus ihrem Zimmer.

Er hörte ihre jämmerlichen Schreie, bevor die schwere Eisentür hinter ihm ins Schloss fiel. Doch in diesem Moment war sie ihm egal.

Auf direktem Weg eilte er zu seinem Gehilfen. Er hasste es abgrundtief, wenn jemand seine Anweisungen missachtete. Wie vermutet, fand er Franjo wichsend vor einem Porno. Oh, wie er diesen Schwanzlutscher verachtete mit seinem primitiven Tun.

„Was zur Hölle ist mit Projekt 5 passiert?"

Die Spucke spritzte aus seinem Mund, so sehr schrie er Franjo an. Dieser zuckte vor Schreck zusammen und starrte seinen Herren ängstlich an.

„Sie hat sich mir verweigert. Hat mich gebissen, das Luder."

„DU vergehst dich an meinem Besitz und erwartest dann Mitleid von mir?"

Beinahe hätte er schallend losgelacht, so abstrakt fand er Franjos Sichtweise. Vielleicht sollte er ihn kastrieren!

Doch lebten nicht Typen wie Franjo einzig und allein nur für ihren Trieb? Nein, das Risiko empfand er doch als zu groß, aber er würde diesem Nichtsnutz schon zeigen, dass niemand ungestraft sein Eigentum fickte.

„Komm mit!"

Seine Stimme duldete keinen Widerspruch, trotzdem setzte Franjo zu einem neuen Versuch an, seinen Kopf doch noch aus der Schlinge zu ziehen.

„Herr, die Schlampe ist selber schuld! Hat die Nahrung einfach verweigert. Aber so dünn sind ihre Löcher noch enger."

Verschwörerisch zwinkerte Franjo ihm zu. Am liebsten hätte er auf der Stelle gekotzt.

Plötzlich durchzuckte ein furchtbarer Gedanke sein Hirn. Blitzschnell ergriff er Franjo unterhalb seines Halsbandes und drückte ihm den Hals zu. Er war so in Rage, dass er ihn dabei mit einer Hand vom Boden hochhob.

„Was ist mit Projekt 7? Fickst du sie auch?"

Röchelnd presste Franjo ein „Nein" zwischen seinen Zähnen hervor.

„Ich schwöre dir, fasst du sie auch nur einmal an, sperre ich dich nackt zu den Ratten."

Mit Schwung stieß er Franjo zu Boden, der sogleich laut aufschrie vor Schmerz.

„Komm jetzt! Es wird Zeit für deine Strafe!"

Ein höhnisches Lachen schallte durch den Keller, bei dessen Klang Franjo zu zittern begann.

„Bitte, Herr, ich verspreche…"

„Schweig endlich du Hurensohn!"

Grob trat er nach Franjo und traf ihn am Kopf. Benommen krabbelte dieser los in Richtung Eisentür.

„Auf die Liege, los!"

Hastig richtete sich Franjo auf und legte sich auf die massive Metallliege. Mittlerweile war es ihm egal, dass er wie ein kleines Kind heulte.

Mit geschickten Handgriffen fixierte er Franjos Arme und Beine mit großen Ledermanschetten und betrachtete den verängstigten Mann vor sich von oben bis unten. Bei seiner Körpermitte stoppte sein Blick und heftete sich an Franjos schlaffen Penis, der noch immer aus seiner Hose hing.

Augenblicklich erwachte der Sadist in ihm. Ja, er wollte jetzt nicht mehr Projekt 5 quälen, sondern diesem schleimigen Wurm das Fürchten lehren!

Seine Augen wurden immer dunkler vor Gier, als er alles ordentlich in einer Nierenschale aufreihte, was er für sein Vorhaben benötigte.

Geräuschvoll zog er sich die Gummihandschuhe an, während er sich zu Franjo drehte. In diesem Moment bemerkte er den dunklen Fleck auf Franjos Hose. Hatte der kleine Pisser doch wirklich vor Angst in die Hose uriniert.

Angeekelt schlug er zu, sodass Franjo unvermittelt das Bewusstsein verlor.


Als Franjo wieder zu sich kam, schmerzte sein ganzer Körper.

Mühsam blickte er an sich herab und sah die blutverschmierten Schnitte in seiner Haut.

Offensichtlich wurde ihm während seiner Ohnmacht das Shirt aufgeschnitten und mit einem Skalpell die Worte „Ich ficke nie wieder das Eigentum meines Herrn" in den Oberkörper geritzt.

Das Poltern von umfallendem Metall ließ Franjo zusammenzucken. Angstvoll schaute er in die kühlen Augen seines Peinigers.

Einen Moment lang verweilte dieser und genoss Franjos kümmerlichen Anblick. Oh ja, diese Angst… Genau diese wollte er jetzt sehen und dann den schmerzverzerrten Gesichtsausdruck! Langsam richtete er das Desinfektionsmittel auf Franjos geschundenen Körper. Als die ersten Tropfen seine Wunden trafen, schrie dieser laut auf, bis er schließlich wieder ganz das Bewusstsein verlor. Diesmal wegen der höllischen Schmerzen.

Erneut erwachte Franjo und blinzelte in das helle Licht über sich. Sein Oberkörper brannte, doch waren die Schmerzen langsam erträglich.

Aus dem Augenwinkel sah er seinen Meister, nahm wahr, wie dieser eine Spritze aufzog. Sekunden später durchfuhr ihn die brennende Gewissheit wie ein Schock, als er den Einstich in seinen Penis spürte, dass sein Leiden noch nicht vorbei war.

Nur wenige Augenblicke später hatte Franjo jedoch jede Pein und Qual, die seinem Körper angetan wurde, vergessen. Seine ganze Aufmerksamkeit richtete sich nur noch auf sein erigiertes Glied. Was zum Teufel hatte er da nur gespritzt bekommen?

Er spürte wieder den Meister neben sich, wie er die Fesseln an seinen Hand- und Fußgelenken löste.

„Nun, du kleiner Wichser, höre mir genau zu! Das ist meine Lektion an dich, was passiert, wenn du mein Eigentum fickst. Die Injektion wirkt, wenn du Glück hast, nur ein bis zwei Stunden. Aber wag es nicht, dir einen runterzuholen! Sonst hack ich ihn dir ab! Verstanden?"

Mit Tränen in den Augen nickte Franjo. Er wusste, dass er das nur schwer durchhalten konnte, denn bereits jetzt war seine harte Erektion schmerzlich und lechzte nach Erleichterung.

„Ich hoffe es für dich!"

Mit diesen Worten verließ er den Raum und überließ Franjo seinem Schicksal.

# Kapitel 12
*Franjo*

Ungläubig blickte er seinem Meister hinter her. Das konnte doch unmöglich sein Ernst sein!?

Natürlich wusste Franjo, dass er zu weit gegangen war, indem er dieser Schlampe kein Essen mehr gegeben hatte. Aber sie hatte ihn in sein bestes Stück gebissen. Sie hatte einfach eine Lektion verdient! Dass sie nach ein paar Tagen von selber nichts mehr essen würde, hatte er ja nicht voraussehen können. Zum Glück ahnte der Meister nicht, dass er ihr nicht nur die Nahrung verwehrt hatte, sondern sie nach dem Vorfall grün und blau geschlagen hatte. Dieses Drecksstück hatte es verdient! So wie auch er jetzt scheinbar seine Strafe verdient hatte.

Sein Glied pulsierte härter und härter. Was sollte er denn nun tun? Ablenkung schien ihm plausibel. Aber wie?

Gedanklich versuchte sich Franjo in die Zeit zurückzuversetzen, als alles angefangen hatte. Er und der Meister waren schon immer beste Freunde gewesen. Doch so ganz stimmte das eigentlich auch nicht, denn der Meister hatte ihn schon immer von oben herab behandelt. Immer musste er alle unbeliebten Dinge erledigen. Aber sein Meister war trotzdem stets fair gewesen, hatte ihn immer unterstützt und beschützt. Zum Beispiel damals, als sein Vater ihn so hart mit einem Knüppel verprügelt hatte, dass seine rechte Kniescheibe völlig zertrümmert wurde, hatte der Meister ihn gerächt. Er war zu seinem Vater hingegangen und hatte ihm gelehrt, was Schmerzen sind. Drei Tage später verstarb sein Vater an den schweren

Verletzungen und nachdem Franjo die Leiche verschwinden gelassen hatte, durfte er im Versteck seines Meisters einziehen. Seit diesem Tag ging es ihm gut! Der Meister hatte seine Wunden geflickt und ihn sogar mitgenommen, als er diese Mädchen holte. Zehn wunderschöne Mädchen...

Augenblicklich durchfuhr ein stechender Schmerz seinen Penis, als seine Erektion noch mehr anschwoll. Er durfte nicht an diese Frauen denken. Aber wie sollte er das tun? Diese Weiber waren so perfekt, vor allem nachdem der Meister sie im Operationssaal verschönert hatte. Und er durfte sich jeden Tag um diese Göttinnen kümmern. War es da nicht klar, dass er schwach werden würde? Schließlich war er ja auch nur ein Mann.

Die Worte des Meisters klangen in seinen Ohren: „Ficke nie wieder mein Eigentum! Denn beim nächsten Mal wirst du es bitter bereuen!" Er hatte gebettelt und seinen Meister angefleht, ihn zu verschonen, hatte geschworen, diesen Fehler nie wieder zu begehen. Und der Meister hatte ihn wirklich begnadigt und ihm nichts angetan. Ganz im Gegenteil, er hatte Franjo sogar angeboten, er solle das Loch in der Wand ficken oder aber, er würde ein Mädchen für ihn mitbringen, ganz zu seinem Vergnügen. Doch diesen Bonus hatte er jetzt wahrscheinlich für immer verspielt, indem er erneut eine der Schlampen des Herrn gefickt hatte.

Heftig begann Franjo zu schluchzen. Sein Schwanz schmerzte, aber noch mehr tat ihm das Herz weh, weil er seinen Meister so derb enttäuscht hatte.

Franjo schreckte aus seinem Schlaf. Oder war er wieder ohnmächtig gewesen? Sein Penis schmerzte noch immer.

Ein spitzer Schrei drang aus dem Nebenraum zu Franjo rüber, dann herrschte ohrenbetäubende Stille.

Neugierig richtete sich Franjo auf und torkelte mit gespreizten Beinen zur Tür. Mutig lugte er durch den Türspalt und erblickte seinen Herren mit einer drallen Brünetten. Verwundert betrat Franjo den Raum und musterte das bewusstlose Mädchen. Nein, diese gehörte eindeutig nicht dem Beuteschema seines Herrn an. Aber was wollte er nur mit ihr? Hatte sie ihn womöglich beobachtet oder gar identifiziert?

Ohne jede Eile entkleidete der Meister die Frau und legte ihr danach ein Halsband an. Dann wendete er sich an Franjo.

„Ich bin froh, dass du mich nicht enttäuscht hast!"

Was meinte sein Herr? Augenblicklich fiel Franjo ein, dass er hatte versprechen müssen, sich keine Erleichterung zu verschaffen.

Stolz straffte er seine Schultern und lächelte glücklich. Sein Herr schien ihm nicht mehr böse zu sein.

„Ich habe nachgedacht!"

Franjo spürte den prüfenden Blick seines Meisters auf sich und ein ungutes Gefühl durchströmte seinen Körper.

„Ich weiß, was ich an dir habe, Franjo, aber ich dulde es nicht, wenn du mein Eigentum fickst. Du sollst dich um sie kümmern, wie ein Eunuch um sein Harem. Aber ich sehe ein, dass auch du Bedürfnisse hast."

Die Worte des Herrn brachten Franjo Hoffnung und Angst gleichermaßen.

„Bitte, Herr, ich…"

„Schweig endlich!"

Franjo verstummte und war sich mit einem Male sehr sicher, gleich ein Eunuch zu werden.

„Die hier ist für dich!"

Bedeutungsschwanger deutete der Meister auf den regungslosen Körper der jungen, nackten Frau.

„Für mich?"

Mit den Fingerspitzen berührte Franjo ihre zarte Haut. Seine Worte waren nur ein Flüstern.

„Ja, für dich! Wenn sie dir nicht so gefällt, helfe ich dir, sie nach deinen Wünschen zu verändern. Du kannst sie quälen, ficken oder was auch immer du willst. Tötest du sie, bekommst du eine neue. Aber in Zukunft: Finger weg von meinen Mädchen! Verstanden?"

Wie in Trance nickte Franjo. Ja, er hatte verstanden. Nie wieder würde er seinen Meister enttäuschen, das nahm er sich ganz fest vor. Er hatte jetzt seine eigene Schlampe, mit der er immer machen konnte, was er wollte. Prompt spürte er bei dem Gedanken seine Erregung, aber auch den Schmerz zwischen seinen Beinen. Hatte die Wirkung des Medikaments denn noch nicht nachgelassen? Als Franjo an sich herabsah, bemerkte er die Fäden in seiner Vorhaut. Der Meister hatte sie über seiner Eichel zusammengenäht. Kein Wunder, dass er die ganze Zeit diese verdammten Schmerzen gehabt hatte. Nur wieso war ihm das nicht schon früher aufgefallen?

„Keine Sorge, ich werde dich wieder von den Fäden befreien. Aber erst will ich, dass du die Kleine so vor meinen Augen fickst. Es soll dir nachhaltig im Kopf bleiben, dass nichts ohne Strafe bleibt!"

Der Blick seines Meisters reichte Franjo aus, um zu wissen, dass er nicht widersprechen durfte. Also schob er seinen Körper zwischen die Beine der Bewusstlosen und drang mit einem heftigen Stoß in sie ein.

Bisher hatte Franjo nie geglaubt, dass Somnophilie ihm Freude bereiten könnte, aber dieses Gefühl der Macht war einfach unbeschreiblich. Wie in einem Rauschzustand wurden seine Stöße immer heftiger. Sein Penis schmerzte, aber das war ihm egal. Genau wie ihm egal war, dass der Meister ihn hierbei beobachtete. Schon nach wenigen Augenblicken ergoss er sich laut keuchend in der besinnungslosen Frau. Ob es wohl genauso geil war, wenn man eine Leiche fickte?

Überrascht über seine eigenen Gedanken und Gefühle zog sich Franjo aus dem leblosen Körper zurück. Von seiner Penisspitze tropfte Blut. Großer Gott, hatte der Meister ihm etwa eine Jungfrau geschenkt?

Bei näherem Betrachten erkannte Franjo allerding, dass eine Naht in seiner Vorhaut gerissen war. Das Blut stammte also mit großer Wahrscheinlichkeit von ihm selbst.

Fast enttäuscht richtete sich Franjo auf und drehte sich zu seinem Meister um. Dieser stand schon mit Schere und Pinzette bereit und befreite Franjo ohne Umschweife von den Fäden in seinem Penis.

„Hier, die wirst du brauchen!"

Mit Schwung warf er Franjo beim Hinausgehen ein kleines Tübchen Salbe für seinen Penis zu.

Dankend blickte Franjo seinem Meister hinterher. Nie wieder würde er ihn enttäuschen. Das schwor sich Franjo innerlich. Sein Meister und er waren ein gutes Team. Er hatte nun sein eigenes Fickluder und auch wenn sie nicht so perfekt war, wie die Schlampen seines Meisters, würde sie ihm viel Vergnügen bereiten.

Ein Hochgefühl überkam Franjo. Wenn diese Bitch nicht tat, was er wollte, konnte er entscheiden, was mit ihr passierte. Allein dieser Gedanke ließ sein Glied wieder hart werden.

Diabolisch grinsend drehte sich Franjo zu der Frau um, die nun alleine ihm gehörte. Ja, er alleine konnte entscheiden, was geschah. Er war ihr Gott.

# Kapitel 13
## *Felicia*

Gedankenverloren tigerte Felicia in ihrem Krankenhauszimmer auf und ab. Barney hatte nun schon fast zwanzig Minuten Verspätung. Ob alles okay bei ihm war?

In diesem Moment klopfte es an die Tür und Barney steckte seinen grauhaarigen Kopf herein.

„Abfahrbereit?"

Felicia nickte, obwohl ihr immer noch nicht wohl bei dem Gedanken war, die nächsten Tage Claire zur Last zu fallen. Natürlich sagte Claire, dass Felicia gerne bei ihr ein paar Tage unterkommen könnte. Aber was wäre sie sonst auch für eine Freundin gewesen? Felicia hätte ihr ein Nein nicht verübelt, aber bei Barney war sie sich da nicht so sicher.

Während der Autofahrt sagte Felicia kein Wort. Was hätte sie auch sagen sollen? Die Feiertage nahten und Barney vertraute einfach nicht genug Leuten ihren Schutz an. Er selbst wollte für ein paar Tage verreisen, was ihm durchaus zustand, aber das machte alles nur noch komplizierter. Als Claire ihr dann Asyl angeboten hatte, war das die perfekte Lösung für alle. Allerdings machte sich Felicia wirklich Sorgen um ihre Freundin. Denn niemals hätte sie verkraftet, wenn wegen ihr Claire etwas zustoßen würde.

„Noch immer Schmerzen?"

Mit dieser Frage holte Barney Felicia wieder zurück ins Hier und Jetzt.

„Etwas, aber es geht schon."

Aufmunternd drückte Barney ihre Hand, bevor er sich wieder schweigend auf das Fahren konzentrierte.

Angekommen am Ziel sprang Barney regelrecht aus dem Wagen, um in Windeseile Felicia die Autotür zu öffnen. Ein Kavalier der alten Schule. Dies brachte Felicia zum Lächeln.

Vorsichtig und mit Bedacht stieg Felicia aus dem Auto. Ihre Rippen schmerzten noch immer bei jeder Bewegung und ihr war leicht schwindelig.

Als Felicia Claire in der Haustür stehen sah, wurde ihr warm ums Herz und eine tiefe Dankbarkeit durchströmte sie.

„Falle ich dir auch wirklich nicht zur Last?"

Die Sorge stand Felicia groß ins Gesicht geschrieben.

„Aber nein! Das wird toll! Du wirst sehen!"

„Und für Jayden ist das auch okay, dass ich erstmal hier bin?"

Claires kritischer Blick traf Felicia unvermittelt.

„Mach dir keine Sorgen um Jayden! Er ist kaum zu Hause."

Ein seltsames Gefühl durchzog augenblicklich Felicias Körper, doch konnte sie nicht benennen, was es genau war.

Zustimmend zuckte Felicia mit den Schultern und wandte sich dann an Barney, der sich soeben verabschieden wollte.

„Mister O'Neill, ich weiß gar nicht, wie ich Ihnen jemals danken kann!"

Mit einem freundlichen Lächeln schaute Felicia in Barneys blaugraue Augen, die von dem Staubfilm auf seiner Brille glanzlos wirkten, und versuchte, ihre ganze Dankbarkeit in ihren Blick zu legen.

„Das ist mein Job, Miss Sun, Sie brauchen mir nicht zu danken! Aber wenn sie unbedingt wollen, der größte Dank wäre für mich, wenn ich Sie unversehrt auffinde, wenn ich aus meinen Ferien zurückkomme."

Mit einem Zwinkern zog Barney Felicia in seine Arme. Die Umarmung war fest und herzlich, aber für Felicias Geschmack etwas zu intensiv. Doch sie sagte nichts, sondern ertrug die Umschlingung ohne Widerworte, was nicht einfach war, denn Barneys Körperausdünstungen glichen denen eines Pumas.

Felicia schloss die Augen und hielt die Luft an. Wie lange würde sie das wohl ertragen können? Tapfer verharrte sie, denn sie wusste, Barney meinte es nur gut mit ihr und auf gar keinen Fall wollte sie ihm vor den Kopf stoßen, nach allem, was er für sie schon getan hatte.

„Gut, dann fahre ich jetzt los. Passen Sie gut auf sich auf, Miss Sun!"

Fast widerwillig löste Barney seine Umarmung und Felicia atmete hörbarer aus als beabsichtigt.

Irritiert musterte Barney sie von oben bis unten, doch ihr Lächeln schob all seine Zweifel beiseite.

„Was war das denn eben?"

Claire grinste Felicia verschmitzt an, nachdem sich die Tür hinter Barney O'Neill geschlossen hatte.

„Ich weiß gar nicht, was du meinst?"

Mit einem koketten Augenaufschlag nahm Felicia ihre Reisetasche in die Hand und ließ sich dann von ihrer Freundin ins Gästezimmer bringen.

Zögernd trat Felicia durch die Tür in den sonnenlichtdurchfluteten Raum. Muntere kleine Staubkörnchen wirbelten durch die Luft und schienen Felicia freundlich zu begrüßen. Das Zimmer war spartanisch eingerichtet, beherbergte aber alles, was sie brauchen würde: Ein einladendes Futonbett, einen großen Kleiderschrank und einen antiken Schreibtisch mit passendem Stuhl. Auf den Fensterbänken standen schöne Zierpflanzen und auf dem Dielenboden lagen weiche Teppichläufer.

Dies würde also in nächster Zeit Felicias neues Zuhause sein. Und tatsächlich fühlte sie sich augenblicklich wohl.

„Mein Schlafzimmer befindet sich direkt neben deinem. Das Bad ist gegenüber. Jaydens Zimmer ist am Ende des Flurs."

Dankbar nickte Felicia ihrer Freundin zu.

„Warum packst du nicht deine Tasche aus und ich zaubere uns in der Zwischenzeit was Leckeres zu essen?"

Wieder nickte Felicia und Claire eilte davon.

Puh, endlich allein.

Glücklich ließ sich Felicia rückwärts auf das Bett fallen und versank augenblicklich in weichen Kissen und dem unvergleichlichen Duft des Weichspülers.

Alles schien perfekt in diesem Augenblick für sie zu sein und sie schloss genießerisch die Augen. Als sie diese wieder öffnete, war das Sonnenlicht verschwunden. Der ganze Raum war gehüllt in dunkle Stille.

Erschrocken schnellte Felicia auf. Wo war sie? Dann fiel es ihr wieder ein: Sie war bei Claire im Gästezimmer. Scheinbar war sie eingeschlafen. Erleichtert machte sie sich auf den Weg ins Untergeschoss.

Das ganze Haus war dunkel und still.

Leise schritt Felicia die Treppen hinab und kam sich dabei wie ein Einbrecher vor.

Flackernde Lichtkegel und vereinzelte Wortfetzen drangen aus dem Wohnzimmer zu Felicia. Vorsichtig klopfe sie an die angelehnte Tür und trat ein.

„Du?"

Augenblicklich zuckte Felicia bei Jaydens Anblick zusammen.

„Hi Felicia! Eigentlich müsste ich ja erschrocken zusammenzucken. Oder meinst du nicht?"

Jaydens Blick war kalt und herablassend, sodass pure Angst durch ihren Körper zuckte.

„Natürlich! Ich wusste nur nicht, dass du da bist. Deine Mutter hat mir angeboten, für ein paar Tage bei euch zu wohnen."

Claire! Wo war Claire eigentlich? Panisch blickte sich Felicia um.

„Meine Mutter ist im Bett. Etwas zu Essen steht für dich in der Küche, soll ich dir sagen."

Wie, als ob er ihre Gedanken gelesen hätte, beantwortete Jayden ihre stille Frage.

Gut, Claire war also im Haus. Bei diesem Gedanken beruhigte sich ihr Herzschlag wieder ein bisschen.

„Willst du dich zu mir setzen? Wir können auch einen anderen Fernsehsender einschalten, wenn du möchtest."

Kurz überlegte Felicia, lehnte dann aber doch Jaydens Vorschlag mit einem Kopfschütteln ab.

„Warum, Felicia? Sage mir warum!"

„Was 'warum'?"

Unsicher trat Felicia noch einen Schritt zurück.

„Warum hast du solche Angst vor mir?"

Jaydens Worte klangen traurig und verletzt.

„Nein, so ist das nicht!"

„Doch, genauso ist es! Du kannst dich nicht mal entspannt mit mir im selben Raum aufhalten, geschweige denn mit mir eine vernünftige Unterhaltung führen."

Seine Worte schallten durch Felicias Kopf. Hatte er womöglich Recht?

„Es ist wegen der Blumen im Krankenhaus."

Tapfer schaute Felicia in Jaydens Augen, deren Farbe sie in der herrschenden Dunkelheit nicht erkennen konnte.

„Ist das wirklich der Grund?"

Felicia nickte matt, war sich aber nicht sicher, ob Jayden diese Gestik sehen würde.

„Ich schwöre dir, die waren nicht von mir!"

Geräuschlos rieb sich Jayden mit beiden Handflächen über das Gesicht. Er schien wirklich verzweifelt zu sein.

Mutig ging Felicia auf Jayden zu und setze sich auf den geblümten Sessel neben dem Sofa.

„Ich weiß, das sagtest du ja bereits, aber mir hat das Ganze eine heiden Angst eingejagt…"

Mitten in ihren Gedanken verstummte Felicia, denn sie spürte den Kloß in ihrem Hals und die aufsteigenden Tränen.

„Ich weiß! Aber ich… Ich würde niemals wissentlich etwas tun, was dich erschreckt oder dir gar Angst machen. Dafür mag ich dich viel zu sehr! Möchtest du, dass ich in der Zeit, in der du hier wohnst, ausziehe?"

Wie versteinert saß Felicia da. Sie wusste einfach nicht, was sie von Jaydens Bekenntnis und seinem Vorschlag halten sollte. Dann schüttelte sie aber verneinend den Kopf. Es war doch wirklich ziemlich abstrus, wenn Jayden wegen ihr sein Heim verlassen würde.

„Bist du dir sicher? Es wäre wirklich kein Problem für mich!"

„Nein, es ist alles in Ordnung so. Wo sagtest du finde ich das Essen deiner Mutter?"

Lachend lehnte sich Felicia zurück. Hier mit Jayden zu sitzen und herum zu blödeln, war wirklich das Beste seit langem. Sie hatte bis dahin nicht geahnt, wie vielseitig und gebildet Jayden war und wie viel Humor und Charme er besaß.

„Ich sollte jetzt wirklich schlafen gehen. Bis morgen, Jayden, gute Nacht!"

Mit diesen Worten erhob sich Felicia.

„Ich weiß noch nicht, ob ich morgen da bin. Ich bin da an einer echt großen Story dran, weißt du? Aber schlafe gut! Wir sehen uns dann irgendwann."

Auch Jayden erhob sich und schlängelte sich an Felicia vorbei, ohne sie zu berühren. Nun herrschte wieder diese Spannung zwischen ihnen.

Gedankenverloren schritt Felicia die Treppe hinauf zu ihrem Zimmer und überlegte, was das zwischen ihr und Jayden war. Warum waren sie in dem einen Moment so vertraut und im nächsten sich fremder denn je?

# Kapitel 14
## ???

*N*atürlich war er frustriert, aber auch irgendwie erregt. Zu erfahren, dass er sie nicht mehr in ihrer Wohnung unbemerkt beobachten konnte, wurmte ihn sehr. Allerdings die Tatsache, dass sie jetzt bei Claire wohnte, brachte völlig neue Möglichkeiten für ihn.

Durch den Stoff seiner Hose rieb er sein steifes Glied. Oh ja, es war an der Zeit, Projekt 5 zu besuchen.

Langsam schloss er ihre Verliestür auf und schritt auf die verängstigte Frau zu. Sie war viel zu dürr, vielleicht sollte er sie mästen wie ein Schwein, überlegte er grinsend. Oh ja, der Sadist war in ihm erwacht. Schluss jetzt mit netter Junge und all dem Quatsch. Er würde der Hure schon zeigen, wer der Boss war!

Mit einem Ruck zog er die nackte Frau an ihren blonden Haaren aus dem Bett und schleifte sie hinter sich her. Vor Schreck begann diese augenblicklich zu schreien, doch das störte ihn nicht. Sollte sie doch schreien. Hier in seinem Versteck würde sie nie jemand hören, außer Franjo und seine anderen Projekte. Und von denen konnte ihr sowieso niemand helfen.

Schnellen Schrittes lief er mit seiner Auserwählten den Flur entlang, direkt in seinen Operationsraum. Dort schmiss er sie zu Boden, ohne ihr Haar loszulassen. Das Geschrei der Frau war ohrenbetäubend.

Laut lachend betrachtete er das blonde Haarbüschel in seiner Hand. Sein Spiel hatte begonnen.

Mit Leichtigkeit und ohne jede Eile hob er die wimmernde Frau auf seinen Operationstisch. Dabei spürte er ihre spitzen Knochen unter ihrer Haut.

Geduldig mit sich selbst unterdrückte er den Impuls, sie so fest zu drücken, um ihr ihre Knochen zu brechen. Da die Frau so abgemagert war, wäre dies sicher ein leichtes für ihn gewesen. Doch er riss sich zusammen, denn er hatte andere Pläne mit ihr.

Geschickt fixierte er ihre Hand- und Fußgelenke. Dass sie sich nicht wehrte, verärgerte ihn noch mehr. Hatte diese Schlampe etwa aufgegeben und ergab sich nun ihrem Schicksal? Einerseits war das natürlich gut, denn so hatte er es einfacher. Auf der anderen Seite gab es ihm den absoluten Kick zu sehen, wie sie den aussichtslosen Kampf versuchten, zu kämpfen.

Nun gut, das Miststück würde schon noch kämpfen, da war er sich sicher.

Langsam stach er mit der Nadel in ihren Handrücken und verfehlte dabei absichtlich ihre Vene. Danach drehte er das Rädchen am Infusionsbeutel voll auf und schon rann die Kochsalzlösung unter ihre Haut. Binnen weniger Augenblicke schwoll der Handrücken der Frau an.

„Was soll ich nur mit dir machen? Soll ich deinen ganzen Körper auf diese Art und Weise aufpumpen? Oder soll ich dich lieber mästen wie ein Schwein?"

Seine Worte verfehlten ihre Wirkung nicht, denn augenblicklich fing die Frau an, um Gnade zu winseln. Dabei zerrte sie an ihren Fesseln.

Dieser Anblick erregte ihn aufs äußerste, doch er gab seinem Trieb nicht nach, denn ihn durchfuhr genau in diesem Moment ein grandioser Geistesblitz. Nun wusste er, was er zu tun hatte mit ihr!

Blitzschnell griff er nach dem Hals der Frau und drückte ihre Kehle zu.

„Hör mir zu, Schlampe! Ich werde dich für heute verschonen. Aber nur, wenn du schön brav bist und tust, was ich dir befehle. VERSTANDEN?"

Mühsam nickte die Frau unter seinem Würgegriff, den er allmählich lockerte. Dann schaltete er die Infusion ab und entfernte auch die Nadel aus ihrem Handrücken.

Er musste sich nun zur Ruhe zwingen. Noch nie hatte er das, was er nun vorhatte, an einem Menschen ausprobiert. Bei seinen Tierversuchen war es ihm auch erst einmal geglückt. Aber dies war nun seine große Chance.

So ruhig, wie ihm nur möglich, suchte er die Dinge zusammen, die er für sein Vorhaben benötigte, bevor er sich wieder Projekt 5 widmete.

„Dies wird nun etwas brennen. Aber nur zwanzig Sekunden."

Ohne Umschweife zog er ihre Augenlider auseinander und träufelte die Augentropfen nacheinander auf ihre Pupillen.

Augenblicklich begann die Frau zu schreien.

Doch ihre Schreie verstummten, als das Brennen in ihren Augen nach den angekündigten zwanzig Sekunden verschwand.

„Halt jetzt still! Sonst ist mein Versprechen, dich zu verschonen, hinfällig. Verstanden?"

Voller Angst nickte die Frau. Instinktiv wusste sie, dass ihr Leben buchstäblich am seidenen Faden hing.

Zufrieden bettete er ihren Kopf in einem Gestell, sodass sie ihn nicht mehr bewegen konnte und spreizte dann ihre Augenlider mit Lidsperren weit auseinander. Angstvoll huschten die Pupillen der Frau hin und her.

„Halt still! Konzentriere dich auf den Lichtpunkt über dir. Wichtig ist, dass du jetzt nicht mehr wackelst. Den Rest überlasse mir."

Seine Stimme klang auf einmal weich und fürsorglich. Verschwunden war sein schroffer Tonfall. Dies ermutigte die Frau zu tun, was ihr befohlen wurde und auch wenn sie immer noch Angst hatte, wollte sie scheinbar zum ersten Mal sich ihrem Schicksal so fügen, indem sie ihm gefallen wollte.

Sie konzentrierte sich auf das Licht über ihr, nahm seinen Geruch wahr und fühlte sich mit einem Schlag sicher. Dieses Gefühl verunsicherte sie und gleichzeitig war sie bestärkt, das richtige zu tun.

Hochkonzentriert setzte er das Skalpell an und platzierte schon nach wenigen Schnitten die Irisimplantate aus eingefärbten Silikon.

Zufrieden betrachtete er sein Werk. In zwei Wochen würde sich zeigen, ob er es geschafft hatte, nun auch die Augen seiner Göttin zu erschaffen.

„Gut gemacht!"

Sanft streichelte er ihre Schulter. Sein Lob war wie Balsam für sie.

Ohne jede Eile entfernte er die Lidsperren und die Kopfhalterung. Dann legte er ihr einen Augenverband an.

Gemächlich löste er die Fesselung an ihren Händen und Füßen und streichelte dabei zärtlich über die entstandenen Abdrücke.

„Du musst wieder etwas essen und zunehmen. Versprichst du mir das?"

Tapfer nickte die junge Frau.

Grinsend nahm er Projekt 5 in seine Arme und trug sie in ihr Bett zurück.

Die nächsten Tage würde er sich persönlich um sie kümmern müssen, dass wusste er, denn sein Vertrauen in Franjo war erheblich geschrumpft. Doch all seine Mühen würden sich auszahlen, davon war er überzeugt und gleichermaßen beflügelt.

Als er mit warmer, dampfender Hühnersuppe wieder ihr Zimmer betrat, zuckte die Frau nur leicht zusammen. Löffel für Löffel fütterte er sie. Dabei lächelte er selig, denn das Hochgefühl von Stolz breitete sich in ihm aus. Er hatte seinen Aggressionen nicht nachgegeben und war stattdessen seinem Ziel nähergekommen.

# Kapitel 15
## Felicia

Seit mehreren Tagen hatte sie nun Jayden nicht mehr gesehen. Ob er doch wegen ihr sein Zuhause verlassen hatte?

Gedankenverloren schritt Felicia durch Claires Haus und wusste nichts so recht mit sich anzufangen. Claire war heute, obwohl Heilig Abend war, für eine kranke Kollegin im Krankenhaus eingesprungen. So war Claire nun mal: Selbstlos und hilfsbereit zu allen. Doch gern hatte sie Felicia nicht allein zurückgelassen, das wusste Felicia. Und obwohl sie Claire mehr als einmal versichert hatte, wirklich allein zurechtzukommen, hatte sie versprechen müssen, im Haus zu bleiben und niemandem die Tür zu öffnen.

Achselzuckend dachte Felicia an Claire, die sie wie ein kleines Kind umsorgte. Aber sie wusste, dass es Claire nur gut mit ihr meinte und dieser Umstand erwärmte ihr Herz.

Doch was sollte sie nun gegen ihre Langeweile tun? Alles im Haus war geputzt und Fernsehen mochte Felicia noch nie sonderlich, zumal an einem Vormittag auch sicher nichts Interessantes in der Kiste lief. Was sollte sie also machen? Vielleicht lesen?

Konzentriert studierte Felicia die Bücher auf Claires kleinem Bücherregal. Scheinbar war Claire keine große Leserin. Kurz überlegte Felicia, zu sich nach Hause zu fahren, um von dort ein Buch zu holen. Doch diesen Gedanken untersagte sie sich schnell wieder selbst. Sie hatte Barney, und auch Claire, versprochen, nicht nochmal das Haus alleine zu verlassen und daran wollte sie sich auch diesmal unbedingt halten!

Langsam schritt Felicia die Treppen hinauf ins Obergeschoss und ließ sich dort auf ihr Bett plumpsen. Die Kissen waren herrlich weich, doch trotzdem fand Felicia keine Ruhe. Einen Moment noch starrte sie unruhig an die Zimmerdecke und rappelte sich dann wieder auf, um ins Badezimmer zu gehen. Auf dem Weg dahin fiel ihr Blick auf Jaydens angelehnte Zimmertür. War diese vorhin auch schon geöffnet?

Felicia konnte sich nicht daran erinnern. Aber es wäre ihr doch aufgefallen, oder?

Zaghaft klopfte sie an die Tür und drückte sie dabei einen Spalt weiter auf.

„Jayden? Bist du da?"

Neugierig schaute Felicia in das Zimmer. Alles sah auf den ersten Blick normal aus, aber irgendetwas störte die Idylle. Augenblicklich wurde Felicia klar, dass es die gezeichneten Bilder an den Wänden waren, die nicht zum Gesamtbild des Hauses passten.

Es waren düstere Bilder im Zeichen des Satans.

Von diesen Bildern magisch angezogen betrat Felicia Jaydens Zimmer. Fasziniert und gleichzeitig angeekelt betrachtete sie die detailgetreuen Zeichnungen von Satan auf seinem Thron, gefolterten Frauen und verstümmelten Menschen. Jedes Bild erzählte seine eigene Geschichte und in jedem war kunstvoll die *666* eingearbeitet.

Wie unter Hypnose wandelte Felicia umher und stoppte erst vor dem alten nussbaumhölzernen Schreibtisch, auf dem noch mehr Zeichnungen von Jayden lagen. Augenblicklich begann es unter ihrer Kopfhaut zu kribbeln, als sie das oberste Bild in die Hand nahm. Es zeigte eine aufgebarte blutverschmierte Katze. Um sie herum waren drei brennende Kerzen und schwarze Blätter verteilt. Und über ihr war der Schriftzug zu sehen: „Bald bist du mein!"

Mit einem leisen Aufschrei ließ Felicia das Blatt wieder auf den Schreibtisch zurücksegeln. Es sah auf dem Bild zwar nicht aus wie das Szenario in ihrer Wohnung damals, trotzdem erkannte Felicia deutlich die Ähnlichkeiten.

„Was machst du hier?"

Jaydens Stimme ließ Felicia herumwirbeln. Mit bleicher Haut und ängstlichen Augen starrte sie Jayden an. Ihre Hände zitterten.

„Ich... Ich..."

„Du brauchst kein schlechtes Gewissen haben. Es ist okay für mich, dass du hier in meinem Zimmer bist."

Noch immer fand Felicia keine Worte. Ihr Herz raste wild und am liebsten wäre sie geflohen, doch sie war wie versteinert.

„Ist alles in Ordnung bei dir?"

Nur mit Mühe brachte Felicia ein Nicken zustande.

„Sag bloß, meine Bilder haben dir die Sprache verschlagen?"

Ungeduldig musterte Jayden Felicia vom Kopf bis zu den Füßen.

„Nein, eigentlich nur das hier."

Felicia nahm all ihren Mut zusammen und reichte ihrem Gegenüber das Bild der toten Katze.

„Es ist toll geworden, nicht wahr? Ich habe es gleich nach unserem Gespräch im Krankenhaus gezeichnet."

„Aber warum?"

„Wie 'warum'?"

Sichtlich irritiert blickte Jayden Felicia in die Augen.

„Warum hast du das gemalt?"

Selbst in ihren eigenen Ohren klang ihre Stimme viel zu schrill.

„Es ist eine gute Story."

Verständnislos über ihre Frage zuckte Jayden mit den Schultern.

„Ich dachte, es wäre geklärt, dass es keine Story gibt?!"

Die Angst war nun aus Felicias Körper gewichen. Stattdessen breitete sich Wut in ihr aus.

„Ja, klar sicher! Ich habe weder einen Artikel über dich verfasst, noch mit anderen über deinen Fall geredet."

„Und wieso nennst du das dann 'eine gute Story'?"

„Für meine Bilderkolumne. Doch du hast natürlich recht, ich hätte dich vorher fragen müssen! Aber es ist noch nicht zu spät, denn bisher ist die Zeichnung noch nicht von mir eingereicht worden."

„Bilderkolumne?"

„Ja, seit der High School zeichne ich Gruselbilder für ein Horrormagazin."

„Das wusste ich nicht."

Mit einem Schlag fühlte sich Felicia unsagbar müde.

„Sag bitte 'ja', dass ich es einreichen darf! Es passt so perfekt zu der Satansausgabe im nächsten Monat."

„Satansausgabe? Du denkst das ganze bei mir hatte einen satanistischen Hintergrund?"

„Ja klar, auf jeden Fall! Tieropfer als Botschaft und so."

Nachdenklich blickte Felicia Jayden an. Konnte er mit dieser Vermutung richtig liegen? Nur was bedeutete das für sie, wenn "Satan persönlich" hinter ihr her war?

„Und du hast die Zeichnung anhand meiner Ausführungen erstellt?"

„Ja! Weißt du, wenn ich etwas höre, wandeln sich die Worte in meinem Kopf sofort zu Bildern um. So habe ich mir alles vorgestellt, als du es mir beschrieben hast."

Okay, das leuchtete Felicia ein. Da Jayden ihre Wohnung nicht kannte, konnte er nicht ins Detail gehen, was die Einrichtung betraf. Jedenfalls hoffte sie, dass das der Grund war, denn augenblicklich überkam sie wieder diese Unbehaglichkeit, die sie oftmals in Jaydens Nähe fühlte.

„Und die anderen Zeichnungen?"

Vorsichtig deutete Felicia auf die Wandzeichnungen.

„Viele sind durch meine eigenen Gedanken entstanden. Das ist meine Art, meine kranken Fantasien auszuleben."

Lachend zuckte Jayden mit den Schultern und zündete sich dann eine Zigarette an.

„Aber es gibt nicht nur solche Bilder."

Bedeutungsvoll zeigte jetzt Jayden auf die Bilder an der Wand.

„Magst du noch andere Bilder von mir sehen?"

„Ja, gern!"

Das Erstaunen war ihrer Stimme deutlich anzuhören.

Ohne jede Eile drückte Jayden seine halbgerauchte Zigarette im Aschenbecher aus und zog dann einen Ordner unter seinem Bett hervor, auf das er sich danach setzte. Dann klopfte er auf den freien Platz neben sich.

Unentschlossen, was sie nun tun sollte, wandte sich Felicia hin und her.

„Na, komm schon! Ich beiße schon nicht. Versprochen!"

Jaydens Lächeln brachte Felicia dazu, ihr Unbehagen abzuschütteln.

Mutig setzte sie sich neben Jayden aufs Bett und betrachtete neugierig Jaydens Zeichnungen.

Auf den ersten Bildern waren Blumen, Landschaften, Häuser und Tiere zu sehen, was Felicia innerlich zum Schmunzeln brachte, denn jedes einzelne stellte den direkten Kontrast zu den Horrorbildern da.

Wahrheitsgemäß lobte Felicia jedes Bild.

„Ähm, die nächsten sind etwas spezieller."

Unruhig rutschte Jayden auf seinem Platz hin und her und als Felicia die nächste Seite des Ordners aufschlug, errötete sie augenblicklich beim Betrachten des Bildes, denn die hier gezeichneten Sexszenen waren wirklich sehr detailliert ausgearbeitet.

„Auch diesbezüglich habe ich Fantasien."

Entschuldigend zuckte Jayden mit den Schultern und lachte dabei rau. Dann plötzlich veränderte sich sein Gesichtsausdruck. Sein Lächeln verschwand.

„Gib das her! Das reicht ja jetzt auch!"

Mit einer Kälte in den Augen entzog er Felicia den Ordner mit den Zeichnungen. Instinktiv wusste Felicia sofort, dass die folgenden Bilder nicht für ihre Augen bestimmt waren. Nur Warum? Augenblicklich begann wieder das Kribbeln unter ihrer Kopfhaut.

„Bitte, Jayden, zeige sie mir!"

Ihre Stimme war nur ein Flüstern. Sie hatte Angst vor seiner Reaktion und vor dem, was sie eventuell gleich zu sehen bekam.

Nervös stand Jayden auf, reichte aber Felicia den Ordner zurück, ohne ihr in die Augen zu blicken und wandte sich dann von ihr ab.

Behutsam schlug Felicia die nächste Seite auf. Beim Anblick der Portraits stockte ihr der Atem.

„Es ist wunderschön!"

„Findest du wirklich?"

Mit Tränen in den Augen nickte Felicia Jayden zu, der sich wieder zu ihr herumgedreht hatte.

„So siehst du mich?"

„Nein! In Wirklichkeit bist du viel schöner!"

Jayden wirkte verlegen, was Felicia sehr süß fand. Lächelnd legte Felicia den Ordner auf Jaydens Bett, stand auf und umarmte Jayden innig. Dabei hauchte sie ihm ein „Danke!" in sein Ohr.

Ein Geräusch an der Haustür und die Stimme von Claire ließ Felicia wieder in die Realität zurückkehren. Schüchtern lächelnd löste sie ihre Umarmung.

„Hey, sage bitte meiner Mum nichts! Ich habe einen Ruf zu verlieren."

Da war er wieder, der unnahbare Jayden. Nur einen kurzen Augenblick hatte Felicia einen flüchtigen Blick in seine Seele werfen dürfen.

Schief grinsend nickte Felicia Jayden zu und verließ dann sein Zimmer.

Im Flur blieb Felicia abrupt stehen, sodass Jayden von hinten gegen sie stieß. Da war er wieder: Dieser Geruch!

Er hatte sie gefunden! Nur wie war das möglich? Er war hier gewesen! Nur wann?

Die Gedanken fingen an in Felicias Kopf zu schwirren, sodass ihr schwarz vor Augen wurde. Im letzten Moment, bevor ihr bewusstloser Körper auf den Boden sank, fing Jayden sie auf.

„Was hast du mit ihr gemacht?"

Claires Stimme brachten Jayden zur Besinnung.

„Was heißt hier: 'Was hast du gemacht'? Sie ist einfach so umgekippt!"

Ohne ein weiteres Wort der Erklärung zu sprechen, hob Jayden Felicia hoch und trug sie ohne Mühe in das Gästezimmer

Unachtsam kickte er die auf dem Bett liegende Schachtel zu Boden, bevor er Felicia ablegte.

„Willst du nicht einen Arzt rufen!"

Böse funkelte Jayden seine Mutter an.

„Nein, keinen Arzt! Mir geht es gut!"

Felicias Stimme klang schwach.

„Jayden hat recht! Es sollte wirklich ein Arzt nach dir schauen!"

Rigoros schüttelte Felicia verneinend mit dem Kopf, dabei schlängelten sich dicke Tränen über ihre Wangen.

Liebevoll wischte Jayden diese weg.

„Hey, was war denn da plötzlich los?"

Undamenhaft zog Felicia die Nase hoch und Claire reichte ihr verstehend ein Taschentuch.

Nachdem Felicia geschnäuzt hatte, schaute sie abwechseln von Claire zu Jayden und wieder zurück.

„Dieser Geruch! Habt ihr den denn nicht gerochen?"

„Ich weiß nicht! Tut mir leid, mir ist nichts aufgefallen. Aber durch das viele Desinfektionsspray im Krankenhaus, kann ich ohnehin nicht mehr so gut riechen."

Auch Jayden verneinte mit einem bedauernden Kopfschütteln.

Hatte sie sich das alles etwa nur eingebildet? Es gab nur eine Methode um das herauszubekommen! Blitzschnell erhob sich Felicia aus dem Bett und eilte in den Flur.

„Riecht ihr das nicht? Er war hier!"

Ihre Stimme war voller Angst und Panik.

„Bist du dir sicher?"

Das Entsetzen war Claire deutlich anzusehen.

Mit Tränen in den Augen nickte Felicia kraftlos.

„Aber warst du nicht die ganze Zeit hier im Haus?"

„Doch schon… Ich… Äh… Ich war mit Jayden in seinem Zimmer."

Claires Augen weiteten sich merklich.

„Ich habe Felicia meine Bilder gezeigt."

„Okay, ja verstehe! Felicia, meine Liebe, ruhe dich noch etwas aus. Ich gehe hinunter und koche uns etwas leckeres."

„Danke!"

Felicia umarmte Claire herzlich und spürte dabei diese tiefe Verbundenheit, die zwischen ihnen herrschte.

„Gut, ich gehe dann auch mal wieder. Wenn du deine Schachtel suchst, die liegt hinter deinem Bett."

Wie vom Blitz getroffen löste Felicia ihre Umarmung von Claire.

„Welche Schachtel?"

„Na die, die auf deinem Bett lag."

Schulterzuckend sah Jayden dabei zu, wie Felicia um das Bett eilte und die Schachtel aufhob.

Mit zitternden Händen öffnete sie den Deckel und ließ dann einen spitzen Schrei los, als sie den Inhalt der Schachtel erblickte.

„Oh Gott, was ist los?"

„Das ist… Das ist…"

Felicia war zu keinem klaren Wort mehr fähig.

Neugierig schaute Claire in die Schachtel und erblickte ein dunkelblaues Cocktailkleid.

„Oh, das ist ja wunderschön!"

Als Felicia wieder zu sich kam, befand sie sich im Kran-kenbett des *Lenox Hill Hospital*. Alles kam ihr fremd vor, bis sie Claire wahrnahm, die bittere Tränen weinte.

„Bitte weine nicht!"

Die Stimme von Felicias war rau.

„Ich dachte wirklich, ich kann dir helfen. Es tut mir so unendlich leid!"

Mit rotunterlaufenden Augen blickte Claire Felicia an. Ihre Haut war genauso weiß wie das Kissen, auf das sie gebettet lag.

„Das hast du doch! Ohne dich… Das alles ist doch nicht deine schuld!"

Liebevoll umarmte Claire Felicia und eine Welle der tie-fen Freundschaft durchströmte beide Frauen.

Eine endlos erscheinende Zeit lagen sich die beiden Freundinnen in den Armen. Keine sagte auch nur ein Wort. Jede war in ihre eigene Gedankenwelt versunken und genoss dabei einfach die Anwesenheit der anderen. Erst das Klopfen an der Zimmertür, ließ sie scheinbar ins Hier und Jetzt zurückkehren.

# Kapitel 16
## *Charly*

Leise schloss der Officer die Tür hinter sich, nachdem er Felicias Krankenzimmer betreten hatte. Er nickte den beiden Frauen wortlos zu und zog sich dann einen Stuhl neben das Krankenbett, auf den er sich mühsam setzte.

„Geht es Ihnen gut?"

Er wusste, dass sein schmerzverzerrtes Gesicht Bände sprach, auch wenn er versuchte, sich nichts anmerken zu lassen. Trotzdem brachte Felicia Suns Frage ihn zum Schmunzeln.

„Keine Sorge, Miss Sun, es ist nur meine Bandscheibe, die mich wieder quält. Aber wie geht es Ihnen?"

„Ich weiß nicht, ich habe das alles noch gar nicht richtig realisieren können."

Die folgende Zeit hörte sich Charly an, was Felicia zu berichten hatte. Dabei machte er sich eifrig Notizen.

Als Felicia gerade auf Jayden zu sprechen kam, erhob sich Claire. Ihr Gesicht strahlte Besorgnis aus und Charly fragte sich sofort innerlich, ob das nur am Gesundheitszustand ihrer Freundin lag oder ob da womöglich noch mehr dahintersteckte. Schnell kritzelte er seine Gedanken in sein Notizbuch und beobachtete dann, wie sich die zwei Frauen voneinander verabschiedeten.

„Seltsam…"

Nachdenklich blickte Charly hinter Claire her, die schon längst die Tür hinter sich geschlossen hatte.

„Was meinen Sie?"

Felicia wirkte kraftlos und verletzlich.

85

„Ach, nichts, nichts! Bitte fahren Sie fort!"

Wieder machte sich Charly Notizen zu dem, was er hörte.

„… und dann bin ich hier aufgewacht."

Müde rieb sich Felicia über die Augen und Charly konnte genau sehen, wieviel Mühe es Felicia machte, über das Ganze zu sprechen.

„Was war mit dem Kleid?"

„Es ist dasselbe, das ich bei meinen Weihnachtseinkäufen in der *Manhattan Mall* anprobiert hatte auf Sallys Empfehlung."

„Sally?"

„Die Personenschützerin, die Mr. O'Neill damals für mich arrangiert hatte."

Im Schnelldurchlauf durchforstete Charly sein Gehirn. Ja, irgendetwas klingelte bei dem Namen Sally, doch konnte er sich nicht recht daran erinnern.

Seine nächste Notiz lautete: Barney anrufen! Obwohl er diesen in seinem Urlaub eigentlich nicht stören wollte, wusste er, dass es sein musste und Barney würde es ihm auch sicher nicht verübeln.

„Okay, Sie haben also das Kleid gesehen. Nur wäre es nicht auch rein theoretisch möglich, dass Sie es selbst, ganz in Gedanken versunken, aufs Bett gelegt haben?"

„Hören Sie mir eigentlich zu? Ich habe dieses Kleid NIE besessen! Ich hatte es damals in der Mall anprobiert, aber NICHT gekauft! Wie also soll ich es dann in Gedanken selbst aufs Bett gelegt haben?"

Charly erkannte die Wut in Felicias Augen. Und ja, sie hatte allen Grund auf ihn sauer zu sein. Und natürlich erklärte auch ihre Ausführung die Zeilen: „Du sahst so wunderschön aus an jenem Tag! Bitte, nimm dieses

Weihnachtsgeschenk von mir an!", die auf der beigelegten Karte geschrieben standen.

„Bitte verzeihen Sie, Miss Sun! Mein Fehler!"

Dicke Tränen kullerten über Felicias Wangen und Charly widerstand nur schwer dem Bedürfnis, sie ihr wegzuwischen. Stattdessen reichte er ihr ein Taschentuch und entschuldigte sich nochmals für seinen Fehler.

„Nun, es ist so, die Spurensicherung hat keinerlei Einbruchsspuren gefunden. Auch keine offenen Fenster, die als Einstieg gedient haben könnten. Die Fingerabdrücke werden noch analysiert, aber viel erwarte ich mir davon ehrlich gestanden nicht. Also frage ich mich, wie derjenige ins Haus gekommen ist und natürlich, wie er Sie bei Mrs. Claire Blade gefunden hat."

Augenblicklich schnellte Felicia aus ihrem Bett.

„Wollen Sie mir allen Ernstes unterstellen, dass ich mir das alles ausgedacht habe? Oh ja, womöglich war ich das mit der Katze selbst und habe mir auch alle Briefe selbst geschickt."

Aufgebracht schrie Felicia Charly an und dieser wusste, dass er schon wieder das Falsche gesagt hatte. Er benahm sich wie ein Frischling und darüber ärgerte er sich über allen Maßen. Schuld daran waren diese höllischen Schmerzen, die ihn dazu brachten, nicht logisch zu denken.

„Nein, Miss Sun! So war das nicht gemeint!"

Jeder Versuch Felicia zu beruhigen misslang Charly.

„Bitte, Miss Sun! Es tut mir leid! Ich verstehe Ihre Verärgerung über mich. Doch lassen Sie uns jetzt wieder auf Ihre Aussage konzentrieren. Okay?"

Grimmig schaute Felicia Charly an, nickte aber zustimmend.

„Fein, also Sie haben gesagt, Sie waren allein im Haus, bis Sie…"

Hastig blätterte Charly in seinen Notizen, um nicht wie der einen verbalen Fehler zu begehen.

„… die nur angelehnte Tür von Jayden Blade entdeckt haben und in dieses Zimmer gegangen sind. Wie lange waren Sie in dem Zimmer allein?"

Erwartungsvoll blickte Charly Felicia an, die angestrengt nachzudenken schien.

„Ich weiß nicht. Ein paar Minuten vielleicht?"

„Und Sie haben sich dort die Satanszeichnungen angesehen? Die sind ziemlich angsteinflößend, finden Sie nicht?"

„Ja."

„Dann kam Mr. Blade in sein Zimmer und hat Ihnen seine gesamten Bilder gezeigt?"

„Ja."

„Und Mr. Blade war die ganze Zeit dann bei Ihnen, bis Mrs. Blade nach Hause kam?"

„Ja."

„Hmmm, also während Ihr Stalker im Haus war, waren Sie und Mr. Blade im Zimmer, haben geredet und sich Bilder angeschaut?"

„Ja! Worauf wollen Sie hinaus, Officer McBlance?"

„Meine Überlegung war nur gerade die, ob Jayden Blade, bevor er mit Ihnen Zeit in seinem Zimmer verbracht hat, die Schachtel und den Duft platziert haben könnte."

Sichtlich erschrocken richtete sich Felicia in ihrem Bett auf. Charly erkannte deutlich ihren inneren Gedankenkampf und automatisch fragte er sich im Stillen, ob Claire Blade nicht vielleicht sogar dieselbe Vermutung gehabt hatte. Das würde auf jeden Fall ihren abrupten Aufbruch erklären, als der Name ihres Sohnes gefallen war.

„Nein, das glaube ich nicht."

Felicias unsichere Stimme holte Charly aus seiner Gedankenwelt.

„Aber sicher sind Sie sich nicht?"

„Nein, aber ich hätte doch den Duft an ihm riechen müssen, oder?"

„Sie sagten, er habe geraucht."

„Aber nicht gleich zu Beginn. Wenn ich es mir recht überlege, glaube ich wirklich nicht, dass es Jayden war."

Felicia erzählte nun Charly von den Bildern, die Jayden von ihr gezeichnet hatte.

„Diese Bilder sind so wunderschön, als wäre ich eine Göttin. Ich glaube nicht, dass mir Jayden je Angst machen wollen würde!"

Nachdenklich kratzte sich Charly hinter dem Ohr. In der Tat passte das alles nicht zusammen und er musste zugeben, dass Felicia Recht hatte, als sie meinte, "dass sie den Duft doch hätte riechen müssen". Ihre Nase schien ja sehr empfindlich zu sein.

„Gut, dann ist unsere heißeste Spur vorerst das Kleid. Vielleicht haben wir ja Glück und der Typ hat den Fehler gemacht, mit Karte zu bezahlen. Das bekomme ich raus."

Mit diesen Worten erhob sich Charly schwerfällig und verabschiedet sich von Felicia.


Charly setzte sich frustriert an seinen Schreibtisch und begann seinen Bericht zu schreiben. Gedankenverloren las er in der Akte: Felicia Sun. Viel stand dort allerdings nicht, außer dass sich Sally damals mit unbekanntem Ziel rargemacht hatte und dann nicht erreichbar gewesen sei, als Felicia Sun ihre Hilfe gebraucht hätte. Nur wo war Sally gewesen zum Zeitpunkt X? Dies musste er nun als erstes herausfinden. Und das ganze am besten noch heute. Seine Frau würde ihm sonst ganz schön die Hölle heiß machen, wenn er noch mehr Überstunden machen würde und sie allein zu lassen an den Feiertagen, mit der ganzen Familie, konnte er ihr wirklich nicht antun.

Eilig wählte er die Nummer von Barneys Privatdetektivkanzlei. Mit viel Glück erreichte er noch Barneys Sekretärin.

Doch nach dem vierten Klingeln sprang nur der Anrufbeantworter an. Mist!

Frustriert knallte Charly das Telefon auf seinen Schreibtisch. Der Schmerz, der ihn in diesem Moment durchzuckte, war wirklich kaum zu ertragen. Er musste unbedingt wieder mehr trainieren, denn dann waren stets seine Muskeln gestärkt und er hatte deutlich weniger Probleme mit seinem Rücken. Doch woher sollte er dafür auch noch Zeit nehmen?

Umständlich kramte Charly seinen Notizblock hervor und studierte seine Stichpunkte.

Er musste mit Claire Blade reden, denn er hatte das Gefühl, dass sie ihm etwas verschwieg, aber erst wollte er sich noch Jayden Blade vornehmen.

# Kapitel 17
## *Franjo*

Mit stolz geschwellter Brust erwartete Franjo seinen Meister. Seit Wochen hatte er sich mit seiner eigenen Schlampe begnügt und das Eigentum seines Herren in Ruhe gelassen. Auch wenn ihm das nicht immer leichtgefallen war, er hatte es geschafft und diese Tatsache erfüllte ihn mit Hochmut.

Heute war nun der Tag gekommen, an dem sich Franjo selbst belohnen wollte. Er würde seinen Meister um einen Gefallen bitten und seine Chancen der Erfüllung standen doch wirklich gut, denn immerhin war heute der Heilige Abend. Da würde er doch sicher einen Wunsch frei haben, oder?

Das Klappern an der metallenen Kellertür ließ Franjo aufhorchen. Nun war es endlich so weit. Innerlich stieß er ein Stoßgebet aus, dass sein Meister gut gelaunt sein würde.

Doch schon alleine der Anblick seines Meisters, ließ Franjo das Blut in seinen Adern gefrieren. Nein, sein Meister sah heute wirklich nicht danach aus, dass er ihm einen Wunsch erfüllen würde. Und wissend, was jedem geschah, der jetzt den Weg des Meisters kreuzte, zog sich Franjo leise zurück.

Mist! So hatte er sich das nicht vorgestellt. Wütend schritt Franjo auf seine schlafende Schlampe zu und weckte sie unsanft mit einem harten Schlag ins Gesicht.

Erschrocken und schmerzerfüllt schrie die junge Frau auf und schien noch gar nicht zu wissen, wie ihr geschah, als schon der nächste Schlag sie brutal traf.

Schwungvoll sprang Franjo auf ihren Oberkörper und setzte sich mit seinem gesamten Gewicht quer über ihre Brust. Mit seinen Beinen fixierte er ihre Arme an ihrem Körper.

Wie besessen prügelte Franjo auf sein hilfloses Opfer ein. Er konnte seine Aggressionen einfach nicht stoppen. Mit jedem Hieb schlug er fester zu.

Als Franjo endlich wieder zur Besinnung kam, lag die Frau regungslos unter ihm. Ihr Gesicht war blutverschmiert.

Hastig sprang Franjo auf. Was hatte er da nur getan?

In seiner Panik lief Franjo aus seinem Zimmer und suchte, ohne über die Konsequenzen nachzudenken, nach seinem Meister.

Diesen fand er bei Projekt 2 im Zimmer.

„Bitte Herr, ich brauche Ihre Hilfe!"

Sichtlich darauf bedacht, nicht hinzuschauen, was der Meister mit der Frau gerade tat, zog sich Franjo wieder in sein Zimmer zurück.

Das Warten kam ihm vor wie eine Ewigkeit und je länger Franjo warten musste, umso mehr wurde ihm bewusst, dass ihm eine Strafe blühen würde.

Anmutig betrat sein Meister den kleinen Raum. In seinem Gesicht waren keinerlei Emotionen erkennbar und auch seine Augen wirkten kalt.

Wortlos betrachtete er Franjos Opfer, fühlte ihren Puls und hob sie dann mühelos auf seine Arme.

„Willst du ein Andenken von ihr?"

Die Stimme seines Meisters war kühl und monoton.

„Ihr Piercing bitte, Herr!"

Mit einem schnellen Ruck riss er das Piercing aus der Brustwarze der leblosen Frau und reichte es Franjo. Dieser betrachtete die Gewebereste an dem kleinen Ring und war zu keinem Wort fähig. Er hatte sie also wirklich totgeprügelt!

Diese Erkenntnis traf Franjo wie ein Schlag. Seine Gefühle drehten sich im Kreis.

Was fühlte er: Reue? – Nein! Befriedigung? – Nein! Verlustangst? – Nein!

Schlagartig wurde Franjo bewusst, dass es ihm nichts bedeutete, was er dieser Frau angetan hatte. Diese Frau hatte ihm nichts bedeutet. Folglich tat es ihm auch nicht leid, dass sie nun tot war. Ob es immer so war, wenn man jemand Bedeutungsloses umbrachte? Er hatte eigentlich gedacht, dass dieses Gefühl befriedigender sein würde. Doch vielleicht war es das nur, wenn man bewusst tötete?

Franjo massierte sich die Schläfen. Das viele Denken verursachte ihm Kopfschmerzen. Was sein Meister jetzt wohl mit der Frau machte?

Nachdenklich betrachte Franjo das Piercing.

# Kapitel 18

Sein Tag hatte beschissen angefangen und sollte also noch beschissener enden. Aber da hatte das Leben ohne ihn die Rechnung gemacht! Von solchen Dingen wollte er sich nicht beherrschen lassen! Er allein hatte das Zepter in der Hand!

Ohne Sorgfalt ließ er den toten Körper von Franjos Schlampe auf seinen Operationstisch knallen. Bevor er sie entsorgte, wollte er sie noch kennzeichnen, denn ihm war klar, auch wenn Franjo sie erschlagen hatte, wäre sie nicht tot, wenn ER sie nicht erwählt hätte. Also sah er sich gewissermaßen auch als ihren Gott, denn Franjo war SEIN Werkzeug.

Geschickt tätowierte er sein Zeichen über ihren rechten Hüftknochen. Jetzt war sie eine von seinen.

Ihm war klar, dass Franjo eine Lektion verdient hatte. Hämisch grinste er, als der Plan in seinem Kopf reifte. Kraftvoll, aber ohne jede Eile, gab er der Frau einen Schubs, sodass sie geräuschvoll auf den Boden fiel. Dann nahm er ihren linken Knöchel in die Hand und zog die Tote wie ein Stück Vieh hinter sich her in den Waschraum. Dort platzierte er sie in der Zinkwanne und schrie dann nach Franjo.

Wenige Augenblicke später erschien dieser mit gesenktem Kopf. Franjo wusste, dass er Mist gebaut hatte und auch, dass nun der Zeitpunkt seiner Bestrafung gekommen war.

„Stell dich da hin!"

Seine Stimme war schroff und ließ Franjo augenblicklich zusammenzucken.

„Erst fickst du mein Eigentum und dann bist du so undankbar und prügelst diese Nutte tot."

„Es war ein Versehen, Herr…"

„Schweig!"

Augenblicklich verstummte Franjo.

„Ich werde dir nun zeigen, was DIR blüht, wenn du mich das nächste Mal enttäuschst!"

Langsam begann er eine Flüssigkeit auf das Gesicht der Frauenleiche zu tröpfeln. Sogleich fraß sich die Säure durch die Haut der Toten und enthüllte Gewebe und Knochen.

Bei diesem Anblick wurde Franjo speiübel. Sein Plan ging also auf! Augenblicklich übergab sich Franjo.

„Weißt du, ihr Glück ist, dass sie tot ist. Wenn du eines Tages hier liegst, wirst du alles mitbekommen, was ich mit dir tue!"

Mit weit geöffneten Augen blickte Franjo seinen Meister an, dessen Gesichtsausdruck keinen Zweifel an der Wahrheit seiner Worte ließ. Als Franjo das begriff, wurde ihm noch übler.

Ein hämisches Lachen entrann seiner Kehle. Franjo so verstört zu sehen, gab ihm den Kick. Schwungvoll schleuderte er die Säure über den Leichnam und traf dabei Franjos nackte Füße. Dieser schrie augenblicklich schmerzvoll auf, als sich die Säure durch seine Haut fraß.

Der Anblick des schmerzverzerrten Gesichtes von Franjo weckte den Sadisten in ihm. Ihm war augenblicklich klar: Er wollte Franjo quälen! Und das nicht nur, indem er ihm zeigte, wie er seine Schlampe mit Phosphorsäure übergoss.

Blitzschnell stellte er das Reagenzglas mit der Säure ab und schritt zu seiner Tattoo Vorlage aus Metall. Diese warf er energisch ins Feuer des schmiedeeisernen Kamins.

Die nächsten Minuten vergingen schleppend. Er wusste, dass Franjo kurz vorm Kollabieren war. Trotzdem genoss er den Augenblick in vollen Zügen.

„Z I E H – D I C H – A U S!"

Ruckzuck entledigte sich Franjo seiner Kleidung und stand dann nackt vor ihm.

„Und nun, leg dich hin!"

Er sah zufrieden zu, wie Franjo seinen Befehl befolgte.

Ohne jede Eile schritt er zum Ofen und holte die schmiedeeiserne Form mit einem Greifer aus dem Feuer.

„Und nun halt still!"

Langsam setzte er das glühende Eisen über Franjos rechten Hüftknochen an. Dieser schrie bei der ersten Berührung laut auf.

Selbstverständlich tat sein Tun weh, das wusste er auch, aber das war ihm egal. Franjo sollte leiden. Wer nicht hören wollte, musste halt fühlen.

Der Geruch von verbrannter Menschenhaut kroch beißend in seine Nase, erst da merkte er, dass Franjo verstummt war. Genervt verdrehte er seine Augen, war der Nichtsnutz schon wieder vor Schmerz ohnmächtig geworden.

Wütend nahm er mit dem Greifer das noch immer heiße Metall von Franjos bewusstlosen Körper und ließ es plätschernd in den kleinen Wassereimer neben dem Waschbecken plumpsen.

Ächzend erlangte auch Franjo in diesem Moment sein Bewusstsein wieder. Den nachhaltigen Schmerz sah man ihm deutlich an.

96

„Ich gehe jetzt und wenn ich zurück bin, ist deine Kotze vom Boden verschwunden! Verstanden?"

Franjo nickte angstvoll, obwohl er sich nicht vorstellen konnte, wie dies zu bewerkstelligen sein sollte bei diesen unerträglichen Schmerzen über seiner Leiste.

# Kapitel 19
## *Barney*

„Und wieder erschüttert ein grausiger Leichenfund New Yorks Bevölkerung. Auch diese stark verstümmelten Frauenleiche trägt das Zeichen des Bösen, doch anders als bei den anderen Opfern, handelt es sich diesmal um eine brünette Frau Mitte zwanzig."

Grimmig verfolgte Barney die Nachrichten. Überall Leid auf der ganzen Welt und die Presse hatte nichts Besseres zu tun, als die Angst der Menschen zu schüren: "Das Zeichen des Bösen" – Pah…

Abrupt stoppte Barney seine Gedanken. Sein Blick wurde angsterfüllt, als er sich die sechs Phantomzeichnungen im Fernsehen betrachtete. Wie war das möglich?

Hastig griff er zum Telefon und wählte die ihm bereits vertraut gewordene Nummer, doch statt einem Klingeln vernahm er sofort die Mailbox-Ansage. Mist!

„Hi Miss Sun! Ich bin es, Barney O'Neill. Ich wollte mich nur erkundigen, ob alles okay bei Ihnen ist. Bitte rufen Sie mich zurück, egal um welche Uhrzeit!"

Ohne eine Verabschiedung beendete Barney das Gespräch und fuhr sich dann mit beiden Händen durch sein schütteres Haar. Er hatte eine seltsame Vorahnung und das gefiel ihm ganz und gar nicht. Es gab nur eine Möglichkeit, Gewissheit zu erlangen, er musste mit McBlance sprechen.

„Charly, hast du die Nachrichten gesehen?"

„Barney? Hast du eigentlich eine Ahnung, wie spät es ist?"

Die verschlafen Stimme seines Freundes drang an sein Ohr, doch das war ihm egal.

„Hast du?"

„Moment!"

Leises Rascheln und geflüsterte, unverständliche Worte drangen nun zu Barney. Scheinbar war Charly gerade dabei aufzustehen und das Zimmer zu verlassen, um nicht auch noch seine Frau zu stören.

„Nein, Mann, ich habe geschlafen. Was gibt es denn so aufregendes, dass du nicht mal an deinen freien Tagen abschalten kannst?"

McBlance klang nun nicht mehr verschlafen. Vielmehr war ihm die Wut deutlich anzuhören, zu so später, beziehungsweise früher Stunde, wegen einer Nichtigkeit, bei seinem wohlverdienten Schlaf gestört worden zu sein, war wirklich ungeheuerlich. Doch wenn er ehrlich war, wusste er genau, dass es bei O'Neill keine Nichtigkeiten gab. Er hatte den größten Respekt vor dem Gespür seines Freundes, was ihn sogleich milder stimmte.

„Also okay, was gibt es?"

„Es wurden Frauenleichen gefunden."

„Es werden ständig Leichen gefunden."

„Ich meine die, mit dem 'Zeichen des Bösen'."

Selbst jetzt klang diese Formulierung in Barneys Ohren lächerlich, aber wie sollte er sonst seinem Freund erklären, welchen Fall er meinte?

„Ähm, ja, ich erinnere mich. Ein Kollege hat mir davon erzählt. Da verstümmelt so ein kranker Spinner Frauen und tätowiert ihnen vorher eine kleine Sanduhr, die umschlungen ist von drei Rosen, über den rechten Hüftknochen. Das Tattoo ist von äußerster Präzision, von einem wahren Meister, der sein Handwerk wirklich versteht. Nur durch dieses Merkmal konnte man die Morde überhaupt miteinander verbinden, denn die Leichen waren alle, auf die unterschiedlichsten Art und Weisen, schlimm zugerichtet worden, sodass eine Identifizierung kaum möglich war. Als die Presse davon Wind bekommen hatte, hieß es nur noch: 'Morde im Zeichen des Bösen'. Doch wieso interessiert dich der Fall so?"

„Mit diversen Computerprogrammen konnten die Gesichter, oder das was noch übrig war, rekonstruiert werden."

„Ja, und?"

„Mensch, Charly! Diese Ähnlichkeit kann man doch gar nicht übersehen!"

„Welche Ähnlichkeit?"

Charly McBlance verstand noch immer kein Wort, doch so langsam riss sein Geduldsfaden.

„Alle Frauen sahen aus, wie Felicia Sun!"

Augenblicklich war Charly hell wach.

„Oh Gott, Barney! Bist du dir sicher?"

„Ob ich mir sicher bin? Natürlich bin ich es! Schalt CNN ein, da läuft es gerade wieder."

Gedämpfte Stimmen des Fernsehgerätes drangen nun durch die Leitung.

„Krasse Scheiße! Barney, du hast recht!"

„Ich habe vorhin versucht sie anzurufen, doch ich erreiche sie einfach nicht."

„Sie ist im Krankenhaus."

„WAS? Und wieso erfahre ich das erst jetzt? Was ist passiert?"

„Nun, ich wollte dich nicht stören! Du hast dir deine freien Tage redlich verdient..."

„WAS IST PASSIERT?"

100

Barsch unterbrach Barney seinen Freund. Auch seine Geduld war nun am Ende. Felicia lag im Krankenhaus, weil wer weiß, was passiert war, und keiner hielt es scheinbar für nötig, ihn zu informieren.

„Sie hatte einen Zusammenbruch, nachdem sie gemerkt hatte, dass sich ihr Stalker zum Haus von Mrs. Blade Zutritt verschafft hatte. Er hat diesmal ein Kleid dagelassen, welches Miss Sun nach eigenen Angaben in der Mall unter der Aufsicht von einer gewissen Sally anprobiert hatte. Wieder gab es eine kleine Karte und den eigentümlichen Geruch."

„Verstehe! Wer wusste alles davon, dass sich Felicia Sun im Haus von Mrs. Blade aufhielt?"

„Nicht viele, so viel ist sicher! Du, ich, Mrs. Blade, ihr Sohn Jayden Blade und Miss Sun selbst. Ich wüsste nicht, wer sonst noch."

„Hast du diesen Jayden gecheckt?"

„Ja, negativ! Er war zur Tatzeit mit Miss Sun in seinem Zimmer."

„In seinem Zimmer?"

„Ja, Miss Sun meinte, er habe ihr seine Zeichnungen gezeigt."

„Verstehe! Trotzdem muss es ein Leck geben. Liegen deine Akten offen auf dem Präsidium rum?"

„Was du da unterstellst ist wirklich ungeheuerlich, O'Neill!"

„Hast du eine bessere Erklärung?"

Das Schweigen, das nun herrschte, sagte mehr aus als tausend Worte.

„Also, was schlägst du vor? Wie sollen wir weiter vorgehen?"

„Als erstes schlage ich vor, setzt du dich mit dem FBI in Verbindung! Dann sehen wir weiter!"

# Kapitel 20
*???*

**D**er Tag X war nun endlich gekommen.

Voller Vorfreude stieg er die Treppen zum Keller hinab und öffnete ohne jede Eile die Geheimtür zu den Verliesen, dabei raste sein Puls jedoch voller Verlangen.

Langsam, Schritt für Schritt, näherte er sich seinem Ziel. Nur noch wenige Meter, dann würde er endlich wissen, ob der Erfolg auf seiner Seite war.

Mit zusammengebissenen Zähnen nestelte er an dem Türschloss und ärgerte sich dabei maßlos über sich selbst, dass er seine Gefühle heute scheinbar nicht in den Griff bekam. Erst nach einer gefühlten Ewigkeit öffnete sich die schwere Eisentür mit einem ohrenbetäubenden Quietschen.

Behutsam trat er an Projekt 5 heran und streichelte dabei sanft mit seinen Fingerspitzen über ihren nackten Körper. Ihm gefiel, dass sie dank seiner Pflege und Zuwendung wieder an den richtigen Stellen zugelegt hatte. Schon alleine deshalb würde er sie vorerst noch verschonen, beschloss er innerlich.

Schwerfällig ging sein Atem, als er nach der Augenbinde griff. Zwei Wochen war er wirklich standhaft geblieben und hatte nicht ein einziges Mal geluchst. Natürlich wusste er, er hätte nicht warten müssen, um seinen Erfolg oder auch Misserfolg zu sehen, aber das Risiko einer Infektion wollte er zweifellos umgehen, deshalb hatte er diese Schonfrist einberufen.

Innerlich zählte er bis drei, dann entfernte er den weißen Verband. Wie bei jedem Verbandswechsel hielt die junge Frau brav die Augen geschlossen. Alleine dieser Anblick machte ihn verdammt Stolz auf sein Werk.

Zärtlich umfasste er das Kinn der nackten Frau und hob es ein Stückchen an. Gleich war es soweit!

„Öffne deine Augen für mich, Liebes!"

Seine Stimme klang ungewöhnlich zart und liebevoll, doch in diesem Moment ließ er sich diese Schwäche selbst durchgehen. Gebannt schaute er auf die bebenden Lider.

Es war fast zu viel für seine Nerven. Schnell schloss er seine Augen und zählte erneut bis drei. Dann öffnete er sie wieder und blickte in zwei wunderschöne smaragdgrüne Augen.

Sie waren wirklich perfekt geworden!

„Wie fühlst du dich?"

Lange musterte er sein Gegenüber.

„Gut, Sir!"

Ihre Antwort, diese zwei kleinen Worte ließen ein Lächeln seine Lippen umspielen. Wie gut, sie wusste also, wie man sich standesgemäß benehmen musste. Sehr gut!

„Möchtest du dich betrachten?"

Zaghaft nickte die ängstliche Frau. Also half er ihr beim Aufstehen und führte sie aus dem kleinen Zimmer, dass nun schon seit fast vier Jahren ihr Zuhause war.

Er lotste sie über kalten Steinboden an den anderen Verliestüren entlang bis zu seinem Operationszimmer. Ihre Augen konnte er gleich noch gründlich untersuchen, jetzt, in diesem Moment, fand er es wichtiger, wenn sie sich selbst, sein Meisterwerk, betrachten konnte.

# Kapitel 21
## *Derek*

Gedankenverloren studierte Derek Mitchel die ihm vorliegende Fallakte. Die darin liegenden Bilder ekelten ihn aufs äußerste an. Was für ein Monster war nur zu solch Gräueltaten fähig?

Seit fast elf Jahren arbeitete er nun schon fürs FBI, war Ermittler mit Leib und Seele, doch solche Fälle brachten ihn noch immer aus der Fassung. Wahrscheinlich würde er sich daran nie gewöhnen, was sicher auch gut so war, aber manchmal wünschte er, er wäre doch abgestumpfter.

Im Stillen ging er noch einmal alle Fakten durch: Gesucht wurde mit Sicherheit ein Mann, wahrscheinlich ein weißer, zwischen dreißig und vierzig, hochintelligent, der einen bestimmten Opfertyp verfolgte. Obwohl es einmal einen "Fehltritt" gab, glaubte Derek nicht an einen Zufall. Sicher gab es für die brünette Frau auch eine Erklärung, warum gerade sie auserwählt worden war. Alle anderen sechs Frauen, waren blond, Anfang zwanzig, eins fünfundsechzig groß, schlank. Die Phantombilder, die die Forensik mit Hilfe von Computern angefertigt hatte, zeigten eine deutliche Ähnlichkeit aller Frauen. Der Täter war mit großer Wahrscheinlichkeit ein narzisstischer Sadist, mit einem sonst unauffälligen Leben.

Was wusste man noch? Hektisch blätterte Derek in der Akte. Alle Frauen hatten neben den identischen Tätowierungen, dieselben Operationsnarben am Körper. Das war interessant! Der Täter war also nicht nur geschickt mit der Nadel, sondern auch mit dem Skalpell.

„Hi! Miss Sun?"

Vorsichtig steckte Derek seinen Kopf durch die Krankenzimmertür.

Zaghaft nickte ihm die blonde Frau zu und sofort erkannte er, warum er zu ihrem Schutz abgestellt worden war. Sie entsprach wirklich dem Opfertypus des gesuchten Täters.

„Spezialagent Derek Mitchel vom FBI! Ich bin zu Ihrem Schutz hier, ma'am!"

Lächelnd reichte Derek Felicia die Hand, die sie scheinbar nur widerwillig ergriff.

„Ich verstehe nicht! Ich habe schon Personenschutz. Barney O'Neill kümmert sich um mich."

Es fiel ihm schwer, auf ihre Worte keinen spitzen Kommentar als Antwort zu geben, doch er verkniff ihn sich. Der Umstand, dass er sie aus einem Krankenhaus abholte, sprach schon Bände genug.

„Mr. O'Neill weiß Bescheid, Miss Sun. Er war es, der Officer Charly McBlance dazu gebracht hat, das FBI einzuschalten."

„Seit wann kümmert sich das FBI um Stalking?"

„Nun, Miss Sun, hier geht es um viel mehr als nur Stalking! Es ist so, ..."

„Miss Sun! Gott sei Dank, sind Sie wohlauf!"

Ohne anzuklopfen stürmte in diesem Moment Barney O'Neill, dicht gefolgt von Officer Charly McBlance, in das Krankenzimmer.

Erleichtert atmete Derek aus, nun konnten diese beiden Männer den unangenehmen Job übernehmen, alles Felicia Sun zu erklären.

Freundlich begrüßte Derek die beiden Männer und stellte sich ihnen mit zeigen seines FBI-Ausweises vor.

„Und Sie sagen, alle Frauen sahen aus wie ich?"

Mit weit aufgerissenen Augen starte Felicia die drei Männer an, die bei ihr am Tisch im Café saßen.

„Ja, Miss Sun! Deshalb haben wir das FBI verständigt."

Freundlich nickte Derek ihr zu. Die junge Frau tat ihm augenblicklich leid. Jede Farbe war aus ihrem Gesicht gewichen.

„Die genauen Einzelheiten zu dem Fall werden wir Ihnen ersparen, aber können Sie sich bitte mal dieses Bild ansehen."

Vorsichtig zog Derek ein Foto aus seinem Ordner und hielt es ihr hin.

Wie in Trance starrte Felicia das Bild an, scheinbar zu keinem Wort oder Bewegung mehr fähig.

„Ist alles in Ordnung mit Ihnen, Miss Sun?"

Auch Barney merkte in diesem Augenblick ihre Veränderung.

„Das ist... Das ist…"

„Was ist das? Erkennen Sie das Motiv?"

Dereks Kopfhaut begann zu kribbeln und er ahnte sofort, dass er das, was er gleich hören würde, sicher nicht gut finden würde.

„Das ist mein Tattoo…"

Mit diesen Worten brach Felicia in Tränen aus. Sie weinte schluchzend und Charly McBlance kam nicht drum herum, sie in seine Arme zu ziehen und sie sich an seiner breiten Schulter ausweinen zu lassen.

„Haben Sie diese Tätowierung über dem rechten Hüftknochen?"

Erschrocken hob Felicia den Kopf und blickte Derek entgeistert an, bevor sie kaum merklich nickte.

„Okay, damit habe ich jetzt nicht gerechnet. Seit wann haben Sie sie?"

„Keine Ahnung. Vier Jahre vielleicht."

Hilflos zuckte Felicia mit ihren Schultern.

„Begann nicht auch vor vier Jahren das Stalking?"

„Ja, aber da hatte ich das Tattoo schon."

„Was macht sie so sicher?"

„Ich hatte mir das Tattoo stechen lassen, eine Woche bevor ich die Stelle im Krankenhaus angenommen hatte. Die ersten Briefe hatten mich erst ein paar Monate später erreicht."

„Wer weiß alles von Ihrer Tätowierung?"

Mit geschlossen Augen stützte Felicia ihren Kopf auf ihre Hände. Scheinbar überlegte sie.

„Nicht viele. Einen Freund hatte ich nicht. Vielleicht wurde ich in der Sauna gesehen? Keine Ahnung! Ich bin mir nicht mal sicher, ob ich Claire jemals davon erzählt habe."

Ihre Worte richtete Felicia scheinbar an keinen der drei Männer am Tisch. Vielmehr schien sie laut zu überlegen. Trotzdem fasste Derek ihre Worte noch einmal zusammen.

„Also wussten nur der Tätowierer und Sie ganz sicher von dem Tattoo?"

Matt nickte Felicia Derek zu.

„Okay, das ist doch schon mal ein Anfang. Wo befindet sich das Studio?"

„Es ist in der *Park Avenue*, aber den Namen des Tätowierers weiß ich nicht mehr."

„Keine Sorge, Miss Sun! Das bekommen wir raus. Vielen Dank! Sie haben uns wirklich sehr geholfen!"

Hoffnungsvoll blickte Felicia Derek an. Ihr Blick ließ ihn dahinschmelzen.

„McBlance! Kümmern Sie sich darum oder soll ich jemand anderes schicken?"

Eigentlich kannte Derek bereits die Antwort, aber er war trotzdem froh, dass er richtig lag.

„Klar, Mitchel! Auch wenn ihr Typen vom FBI jetzt mitspielt, ist das noch immer MEIN Fall! Ich habe es Miss Sun versprochen!"

Aufmunternd nickte er Felicia zu, die ihn dankbar anlächelte.

„Ich helfe auch!"

Dass auch Barney O'Neill mit von der Partie war, war eindeutig nicht von Nachteil. Perfekt!

„Gut, so machen wir das! Halten Sie mich auf dem Laufenden! Und nun kommen Sie, Miss Sun! Ich bringe Sie an einen sicheren Ort!"

# Kapitel 22
## *Felicia*

Das kleine Haus, zu dem Derek Mitchel sie gebracht hatte, wirkte auf Felicia vertraut und beruhigend. Viel Luxus gab es hier nicht, aber den brauchte sie ohnehin nicht. Auf der Stelle fühlte sie sich heimisch.

„Alles in Ordnung?"

Augenblicklich zuckte Felicia aus ihren Gedanken, nickte aber Derek zu.

„Sie können das linke Zimmer haben. Mein Schlafbereich ist direkt gegenüber von Ihrem. Bitte fühlen Sie sich wie zu Hause!"

Mit diesen Worten öffnete Derek die Tür für sie und trug ihre Tasche in das ihr zugewiesene Zimmer.

„Ist das Ihr Haus?"

Verwundert betrachtete sie den Agent.

„Das hätten Sie mir nicht zugetraut, stimmt's? Aber so ganz stimmt das ja auch nicht. Ich besitze zwar ein Haus, aber dieses gehört dem FBI."

Provozierend grinste Derek Felicia an.

„Okay, aber es hätte ja sein können, denn was weiß ich auch schon von Ihnen."

Diesmal war es Derek, der Felicia verwundert ansah.

Beiden wurde in diesem Moment bewusst, dass sie nichts oder kaum etwas voneinander wussten.

„Das könnten wir bei einem Abendessen ändern. Hunger?"

„Sie können kochen?"

„Na, na, na, jetzt reicht es aber langsam mit Ihrer Skepsis. Sonst bin ich doch noch gekränkt."

Zwinkernd schlängelte sich Derek an ihr vorbei in Richtung Küche.

Glücklich, endlich allein zu sein, ließ sich Felicia auf das Bett fallen. Es war nicht so bequem wie das bei Claire, aber um einiges komfortabler als das im Krankenhaus.

Ihre Gedanken schwirrten in ihrem Kopf. Was hatte das alles nur zu bedeuten?

Alle Frauen sahen aus wie sie. Sie alle hatten dasselbe Tattoo wie sie bekommen. Hieß das also, sie war die Vorlage für einen Verrückten? Waren alle Frauen nur ihretwegen getötet worden? Nur was bezweckte dieser Hurensohn damit? Wollte er sie kopieren oder gar ersetzen? Und was bedeutete das für sie? War sie nun in noch größerer Gefahr?

Fragen um Fragen – und nicht auf eine einzige hatte sie eine Antwort. Doch am Meisten beschäftigte sie, woher der Typ ihr Tattoo bis ins kleinste Detail kannte. Klar, war es theoretisch möglich, dass er sie beim Ausziehen oder Duschen beobachtet hatte, aber das Bild, das Derek ihr gezeigt hatte, hätte auch ein Foto von ihrem Körper gewesen sein können. Es stimmte einfach alles! Jeden Dorn an jeder Rose, jede Spiegelung im Glas. Sogar die Größe war identisch. Das Lineal, das mit fotografiert worden war, hatte es ohne Zweifel bewiesen.

Felicias Gedankenkarussell drehte sich immer schneller und schneller. Sicher würde es gleich abheben und ihr Kopf explodierte, wenn sie es nicht bald stoppte.

Mühsam rappelte sie sich auf und schlürfte in Richtung Küche. Sie hatte weder Hunger noch Appetit, doch sie wollte auf einmal nicht mehr allein sein.

# Kapitel 23

Er war so stolz auf sich selbst! Er hatte es wirklich geschafft! Sie war nahezu perfekt! Ihr Körper, ihre Haare, das Tattoo, aber vor allem ihre Augen – einfach alles, bis auf ein Detail: Ihre Stimme…

Seit Tagen hatte er nun nicht mehr richtig schlafen können, denn er war pausenlos damit beschäftigt gewesen, Fachliteratur und Fachberichte zu studieren. Seinen Einschätzungen nach war eine Operation an den Stimmbändern offensichtlich auch nicht schwieriger, als alle anderen Operationen. Und mit dem Skalpell umgehen konnte er, das wusste er. Die Videos, die er dazu im Netz gefunden hatte, waren einleuchtend und präzise. Und da es genug Testobjekte gab, konnte eigentlich nichts schief gehen. Das einzige was er jetzt noch benötigte, war eine Stimmaufnahme seiner Göttin. Ihre alte Mailbox-Ansage war für seine Zwecke viel zu verzerrt. An eine solche Aufnahme ihrer Stimme ranzukommen, war sicher nicht leicht, aber auch nicht unmöglich.

Immer mehr reifte der Plan in ihm und ein diabolisches Glitzern erhellte seine Augen.

Doch zuerst musste er noch etwas anderes erledigen!

Langsam lenkte er seinen Wagen die verdreckte, schmale Straße entlang und betrachtete dabei sehr genau die Gesichter der Frauen, die am Straßenrand standen.

Innerlich zählte er ab: „Ene, mene muh und raus bist du!" Und dann sah er sie: Eine kleine, dralle Brünette. Genau nach ihr hatte er gesucht!

Nie im Leben hätte er Franjo eine Frau mitgebracht, die auch ihm gefallen hätte. Soviel war Franjo einfach nicht wert! Aber über diese Fotze (Oder sollte er besser sagen: Über jede Fotze!?) würde sich Franjo freuen, das wusste er. Außerdem hatte Franjo wirklich neues Fickfleisch verdient und sicherlich auch bitter nötig. Dass er seine letzte Schlampe totgeprügelt hatte, war ihm völlig egal. Aber er wurde deshalb bei seiner Session mit Projekt 2 gestört und das ärgerte ihn noch immer. Deshalb hatte er jetzt auch Franjo mehrere Tage mit Nichtbeachtung gestraft, nicht einmal einen kleinen Weihnachtsgruß hatte er ihm zukommen lassen. Aber die Tatsache, dass Franjo scheinbar wirklich seine Lektion gelernt hatte und seine dreckigen Griffel von seinem Eigentum ließ, machte ihn für ein verspätetes Geschenk von ihm würdig. Quasi nachträglich zu Weihnachten und pünktlich zum Jahreswechsel.

Stolz lehnte er sich zurück und genoss den Moment seiner unendlichen Güte und Großzügigkeit. Dann wendete er seinen Wagen und stoppte vor seiner Auserwählten.

Langsam ließ er die Scheibe ein Stückchen runter und zog sich dabei sein Basecap tief ins Gesicht. Mit einer kurzen Kopfbewegung deutete er der Frau an, sie solle näher herantreten.

„Machst du es auch ohne?"

„Wenn du mir die richtigen Scheine zeigst, tue ich alles für dich, mein Süßer!"

Die Stimme der Frau war furchtbar kratzig und ihr Lachen entblößte schwarze, verfaulte Zahnstummel. Wer weiß, was sie alles für Krankheiten in sich hatte.

Erschrocken wich er zurück. Nein, eine drogensüchtige Crackhure, die für ein bisschen Geld scheinbar alles tat, wollte er selbst für Franjo nicht. Gepflegt, sauber, gesund musste sie sein! Niemals würde er da ein Risiko eingehen, auch wenn ein HIV-Schnelltest durchzuführen für ihn selbstverständlich war.

Angeekelt schüttelte er den Kopf und fuhr dann blitzschnell mit quietschenden Reifen davon. Dass die Nutte hinter seinem Wagen schrie, ihn beschimpfte und einen Schuh nach ihm warf, war ihm völlig egal.

Ohne jede Eile fuhr er die Straßen entlang. New York hatte mehr als einen Straßenstrich aufzubieten. Eine passende Nutte also zu finden, sollte kein Problem sein.

Erneut stoppte er seinen Wagen und schüchtern trat ein junges Mädchen auf ihn zu. War sie überhaupt schon volljährig? Sicher war er sich da nicht. Das einzige, was er aber mit Sicherheit sagen konnte, dass sie neu hier war. Dieser Umstand alleine machte sie perfekt für ihn, denn die neuen wurden meist nicht so schnell von den anderen Nutten vermisst und die Zuhälter waren allesamt sowieso nur geldgierige Schwanzlutscher.

„Machst du es ohne?"

„Nein, Sir!"

Ihre Stimme klang wirklich lieblich, trotz der Angst die mit ihr schwang.

Hoch rechnete er ihr in diesem Moment ihre Antwort an. Nicht nur, weil sie scheinbar klare Prinzipien hatte und denen auch treu blieb. Nein, sie hatte ihn mit "Sir" angesprochen, was bedeutete, dass sie sich ihrer Stellung durchaus bewusst war. Das gefiel ihm sehr.

Als er ihr Lächeln und ihre strahlend weißen Zähne sah, wusste er, dass er sein Ziel gefunden hatte.

„Steig ein!“

Seine Stimme duldete keinen Widerspruch. Hastig, wenn auch etwas tollpatschig, kletterte das junge Mädchen neben ihn auf den Beifahrersitz.

„Schnall dich an!“

Artig gehorchte die eingeschüchterte Frau.

Aufmerksam musterte er sie von der Seite. Die kleine war wirklich hübsch. Sie wirkte jung und unschuldig. Irgendetwas hatte dieses Mädchen an sich.

Eigentlich wollte er sie nur verschleppen und Franjo übergeben, aber er spürte seine innere Unruhe. Er musste schleunigst rausfinden, warum er so ein ungutes Bauchgefühl bei ihr hatte, denn unter gar keinen Umständen wollte er einen Fehler begehen.

„Wie heißt du?“

„Marleen, Sir.“

Keine Gegenfrage – das gefiel ihm.

„Bist du neu im Geschäft?“

„Ja, Sir! Der Freund meiner Mutter meinte, es wäre endlich an der Zeit, dass ich Geld verdienen würde.“

Deutlich sah er ihr den Schmerz an und auch, dass sie sich dafür schämte.

„Und für deine Mutter ist das okay, dass du für ihn anschaffen gehst?“

Schwer atmete das Mädchen ein und wieder aus und war scheinbar darauf bedacht, dabei die richtigen Worte zu finden.

„Nun, sie liebt ihn und die Drogen halt mehr als mich.“

Mit einem Schlag waren seine gute Laune und Vorfreude verflogen, als er ihren traurigen Blick bemerkte.

Ja, er war ein Sadist und Frauen waren ihm egal, aber dieses Mädchen hatte etwas an sich, das sein Innerstes zutiefst berührte.

Dieses Gefühl war völlig neu für ihn.

Innerlich verfluchte er sich selbst dafür, dass er nicht einfach vorhin die andere Nutte mitgenommen hatte. Einen Haufen Ärger hätte er sich ersparen können, aber nein, er musste ja immer alles perfekt haben. Nun hatte er also den Schlamassel.

Gedankenverloren fuhr er weiter. Was sollte er denn jetzt nur tun?

In diesem Moment durchfuhr die Erkenntnis ihn wie ein Blitz: Nein, er wollte dieses zarte Geschöpf nicht einem Typen wie Franjo überlassen!

Abrupt hielt er an.

„Steig aus!"

„Was? Aber warum? Was habe ich denn falsch gemacht?"

Genervt rieb er sich über seine Nasenwurzel.

„Nichts! Ich habe es mir ganz einfach anders überlegt!"

„Aber..."

Mitten in ihren Worten brach sie ab und deutlich erkannte er die Tränen in ihren Augen.

Normalerweise ließen ihn Tränen kalt. Alle Weiber heulten ständig rum, aber bei diesem Mädchen war alles anders...

Oh Gott, wie sehr er seine eigene Gefühlsduselei verabscheute!

Schnell straffte er seine Schultern und griff dann in die Innentasche seiner schwarzen Lederjacke.

„Hier, nimm das Geld und dann verschwinde endlich!"

Seine Worte waren schroff, aber nun war es genug mit Nettigkeit. Er vergeudete hier nur seine Zeit.

Mit einem Nicken kletterte Marleen aus dem Wagen und als sie die Tür hinter sich geschlossen hatte, fuhr er los.

Er wollte einfach nur noch weg und er wollte nicht mehr an sie denken, doch dieses Mädchen hatte sich tief in sein Hirn gefressen.

Fluchend stoppte er an einer roten Ampel. Als er den leeren Beifahrersitz betrachtete, bemerkte er das Geld, das Marleen liegen lassen hatte.

Nun wusste er, was er zu tun hatte!

Mit quietschenden Reifen wendete er seinen Wagen und fuhr dann an die Stelle zurück, wo er sie rausgelassen hatte.

Er konnte sein Glück kaum fassen, als er sie am Straßenrand sitzen sah.

Nun wusste er instinktiv, dass er das richtige tat.

# Kapitel 24
## *Derek*

⊘as Abendessen mit Felicia war wirklich entspannt gewesen. Sie hatten viel geredet und gelacht und dabei sogar eine Flasche Rotwein zusammen geleert.

Normalerweise trank er nie im Dienst, aber heute konnte er auch mal eine Ausnahme machen, denn in diesem Haus, hier bei ihm, war sie schließlich sicher.

Erneut blätterte er in der Fallakte. Irgendetwas hatte er übersehen. Nur was? Von McBlance hatte er erfahren, dass der Tätowierer, der das Tattoo von Felicia Sun entworfen und gestochen hatte, vor zwei Jahren an Tuberkulose gestorben war. Diese Spur verlief sich also im Sand, genauso wie die vom Kleid, denn die Sicherheitskameras in dem Geschäft waren seit Monaten kaputt und da dieses Kleid der absolute Renner war, wurde es mehrfach verkauft an diesem Tag. Mit Karte hatten nur wenige bezahlt und diese konnten zweifellos als Tatverdächtige ausgeschlossen werden. Sie tappten also nach wie vor im dunklen.

Genau betrachtete er noch einmal das Tattoo, das jede der toten Frauen trug. Allesamt waren identisch. Das ging doch nur, wenn jemand die Originalvorlage besaß, oder?

Seine Gedanken schweiften auf einmal ab, denn er musste an Felicia denken, die ihm nach dem Abendessen schüchtern ihr Tattoo, also das Original gezeigt hatte. Ihre Haut wirkte weiß wie Marmor und so zart wie ein Blütenblatt. Nur schwer hatte er an sich halten können, sie nicht zu berühren. Es schickte sich nicht für einen Profi, sich von

Gefühlen leiten zu lassen. Zumal er nicht mal verstand, warum er überhaupt romantische Gefühle für diese Frau hegte, denn normalerweise stand er überhaupt nicht auf Frauen. Doch irgendetwas hatte diese Felicia Sun an sich.

Seufzend schüttelte er seinen Kopf und widmete sich dann wieder der Akte. Er blätterte vor und wieder zurück, aber er fand einfach keine neue Spur. Es schien, als jagten sie ein Phantom. Und egal wie er es drehte und wendete: Felicia Sun war der Schlüssel zu allem. Nur warum und wie genau, wusste er nicht.

Sein Blick richtete sich erneut auf die Fotos. Die Operationsnarben wirkten blass, was ja bedeutete, dass sie nicht frisch waren. Doch wollte der Täter Felicia Sun kopieren oder übte er womöglich an den Frauen, um dann Felicia für sich zu perfektionieren? Würde sie nun sein nächstes Opfer sein oder gab es noch andere Frauen?

Plötzlich kam ihm eine Idee. Dass er da nicht schon vorher draufgekommen war, war eigentlich unglaublich. Hektisch notierte er sich seine Gedanken auf einen Zettel und ärgerte sich sehr darüber, dass er nicht gleich mit Dave telefonieren konnte, aber natürlich hatte auch dieser mal Feierabend und er war nur froh, dass er den technischen Analysten morgen früh wieder auf Arbeit erreichen konnte.

„Hey, Derek! Du wolltest einen schnellen Rückruf von mir?"

Verschlafen schaute Derek auf die Uhr, die kurz nach fünf Uhr anzeigte. Schlief Gorgio eigentlich nie?

„Hey Dave! Schau doch mal für mich, wie viele Mädchen seit, sagen wir mal, fünf Jahren mit dem Aussehen von Felicia Sun verschwunden sind!"

Derek hörte Daves Finger über die Tastatur klimpern.

„Sag mal, Mitchel, schläfst du eigentlich nie? Moment, ich starte die Suche bei der Vermisstendatenbank "

„Dasselbe dachte ich mir auch bei dir!"

Rau begann Derek zu lachen.

„So, da haben wir es. Vor vier Jahren wurden acht Frauen als vermisst gemeldet. Alle acht sind innerhalb von einem Jahr verschwunden. Danach hört die Serie der verschwundenen Frauen mit diesem Aussehen aus."

Acht Frauen – Derek wurde augenblicklich übel, denn er wusste, dass nicht immer alle vermisst gemeldet wurden, es gab genug Menschen, die niemand vermisste. Wie hoch die Dunkelziffer also wirklich war, konnte keiner sagen.

„Okay Dave, die sechs blonden Opfer, sind die bei den Vermissten mit dabei?"

„Moment! Ja! Drei haben sehr große Ähnlichkeit mit denen aus der Vermisstendatenbank. Die anderen drei waren jedoch zu verstümmelt, um es mit Sicherheit sagen zu können."

„Wurde ein DNS-Abgleich gemacht?"

„Du machst mir Spaß! Warst du nicht derjenige, der eben erst auf die Idee kam, nach den Frauen in der Vermisstendatenbank zu schauen?"

Genervt rieb sich Derek über seine Nasenwurzel.

„Ja, okay. Kannst du es in die Wege leiten, sobald das Team vor Ort ist?"

„Klar, das steht ganz oben auf meiner To-Do-Liste. Ich melde mich wieder!"

Mit diesen Worten legte Dave auf.

Derek spürte seine innere Unruhe. Das war die erste heiße Spur, seit der Sache mit dem Kleid und dem Tattoo.

$\mathcal{E}$r sah das Leuchten in ihren Augen, als sie seinen Wagen erkannte. Schüchtern kam sie auf ihn zu.

„Wenn du jetzt einsteigst, gibt es kein Zurück mehr!"

Finster blickte er sie an. Seine Stimme war schroff, trotzdem nickte sie und kletterte diesmal graziös auf den Beifahrersitz. Sie schnallte sich an und faltete die Hände in ihrem Schoß. Angst schien sie keine zu haben, im Gegenteil, er sah Hoffnung in ihrem Gesicht.

„Warum hast du das Geld nicht genommen?"

„Es stand mir nicht zu, Sir! Wenn ich es nicht wert bin, bei Ihnen bleiben zu dürfen, bin ich auch nicht Ihr Geld wert."

Ihre Antwort überraschte ihn, doch das ließ er sich nicht anmerken.

„Erzähl mir etwas über die Nutten hier!"

„Ich kenne kaum eine. Die meisten sind sauer, weil mich Franko hier abgeladen hat zum Arbeiten und reden deshalb nicht mit mir. Nur eine war gemein zu mir…"

Tränen kullerten über Marleens Gesicht.

„Inwiefern gemein?"

„Sie hat Franko erzählt, ich würde die Freier abwimmeln und das Geld vor ihm verstecken. Und…"

„Und, hast du es getan?"

„Nein, Sir! Franko hat mich jedes Mal grün und blau geprügelt. Ich habe Verbrennungen von seinen Zigaretten und Narben von seinem Gürtel. Ich habe viel zu viel Angst vor ihm, als dass ich ihn hintergehen würde."

„Zeig mir die Nutte!"

Wieder nickte Marleen. Da sie nichts sagte, wusste er instinktiv, dass er die Schlampe auf dem Straßenstrich finden würde, wo er vor kurzem Marleen entdeckt hatte.

In seinem Kopf reifte ein Plan. Ja, er würde das Risiko eingehen und diese Nutte für Franjo mitnehmen, aber jetzt noch nicht. Erst musste er noch etwas anderes erledigen.

„Da vorn steht sie!"

Zaghaft zeigte Marleen auf eine vollbusige Wasserstoffblondine.

Genau studierte er ihr Gesicht. Ja, diese Visage würde er nicht so schnell vergessen. Fast zärtlich nickte er Marleen zu, deren Furcht durch das ganze Auto schwang.

„Sie wird ihre gerechte Strafe bekommen, das verspreche ich dir!"

Aufmunternd drückte er ihre Finger, die eiskalt waren.

Schwer atmete er ein und wieder aus, dann hielt er am Straßenrand.

„Ich gebe dir eine letzte Chance. Die bekommt normalerweise niemand von mir! Steige aus oder komm mit mir, aber dann gibt es kein Zurück mehr, jedenfalls nicht lebendig."

Marleen überraschte ihn erneut, indem sie ihn anlächelte.

„Nein, Sir! Bitte nehmt mich mit Euch! Ich tue alles, was Sie wollen, bis auf…"

Mitten im Satz brach sie ab und er musterte sie belustigt. Glaubte dieses Mädchen wirklich, sie könnte verhandeln und nun eine Prinzessin werden?

„Bis auf was?"

„Nicht ohne! Bitte, Sir, ich habe so Angst. Nicht vor Krankheiten, nicht mal vor dem Tod. Aber davor, womöglich schwanger zu werden…"

Wieder brach sie mitten im Satz ab, unfähig ihn anzusehen.

Vorsichtig nahm er ihr Kinn zwischen Zeigefinger und Daumen und zwang sie somit doch zum Augenkontakt.

„Ich verspreche dir, dich nie anzufassen und werde auch nicht zulassen, dass das jemand anderes tut. Aber ich habe Regeln und ich bin nicht immer nett. Ich tue Dinge, die du vielleicht nicht verstehst und nicht alles, was du sehen wirst, wird dir gefallen. Das muss dir klar sein. Nehme ich dich einmal mit in meine Welt, gibt es kein Zurück für dich!"

„Ja, Sir! Bitte nehmt mich mit Euch!"

Gut, er hatte sie genug gewarnt! Alles, was nun geschah, wollte sie so!

Das war eine völlig neue Erfahrung für ihn. Ja, okay, Franjo lebte auch freiwillig bei ihm, aber dieses Mädchen schien wirklich keine Angst vor ihm zu haben.

Mit einem Nicken ließ er ihr Kinn los und fuhr dann in die entgegengesetzte Richtung davon.

Nach etlichen Umwegen fuhr er mit Marleen nun den holperigen Weg zu seinem Haus im Wald entlang. Der Mond über ihnen schien düster durch einen Wolkenschleier, alles wirkte gespenstig und unecht.

Ohne jede Eile tippte er den Code am eisernen Eingangstor ein, welches sich kurze Zeit darauf quietschend öffnete. Langsam fuhr er auf sein Haus zu, nachdem er das Tor wieder verschlossen hatte, und parkte seinen Wagen vor dem Haus.

„Hey, aufwachen! Wir sind da!"

Verschlafen blinzelte ihn Marleen an. Es imponierte ihm, dass sie keine Angst vor ihm hatte.

Noch einmal zögerte er kurz, ob er wirklich das richtige tat. Doch er wusste, dass es dafür bereits zu spät war. Sie zu entsorgen, würde ein leichtes sein, aber er hatte sich dem Risiko ausgesetzt, womöglich erkannt zu werden. Trotzdem war er zuversichtlich.

Er führte Marleen in sein Haus, das nun ihr Zuhause sein würde, als Franjo ihnen schon entgegenkam.

„Oh, Herr, ist die für mich?"

Franjos Augen glitzerten gierig.

„Nein! Und wagst du es einmal, sie anzufassen, werde ich dich lebendig häuten!"

Augenblicklich zuckte Franjo zurück, denn er war nicht so dumm, an den Worten seines Meisters zu zweifeln.

„Marleen, das ist Franjo, mein Gehilfe."

Innerlich lachte er laut auf. Pah, von wegen, Franjo sein Gehilfe. Doch wollte er, dass sich Franjo wichtig vorkam. So hatte er ihn am besten unter Kontrolle, seinen Willen von ihm zu bekommen.

Eifrig nickte Franjo, was ihm zeigte, dass er recht hatte. Vorerst war Marleen in Sicherheit.

„Was trägt er um den Hals?"

Neugierig betrachtete Marleen Franjo. Scheinbar war sie nicht so recht davon überzeugt, dass er wirklich sein Gehilfe war.

„Nur ganz besondere Leute dürfen so eins tragen! Es symbolisiert Ergebenheit und Eigentum."

Böse funkelte Franjo Marleen an. Interessant! Scheinbar sah Franjo Marleen als Konkurrenz an. Noch bei keiner

Frau hatte Franjo je um seine Stellung bei ihm gefürchtet. Innerlich wusste er, dass er vorsichtig sein musste.

Blitzschnell zog er Franjo zur Seite. Diese Stutenbissigkeit wollte und konnte er nicht tolerieren.

„Es reicht! Verstanden?"

Seine Wut war ihm deutlich anzuhören.

„Ja, Herr! Ich wollte doch nur…"

Wie er es hasste, wenn Franjo heulte wie ein Weib! Doch diesmal musste er Einlenken, sonst war Marleen doch noch in Gefahr, denn wer konnte schon hervorsagen, zu welchen Kurzschlusshandlungen Franjo fähig war? Ein Weib hatte er schließlich schon erschlagen in seiner Wut.

„Pst! Hör zu, ich brauche dich! Eine Spezialsache! Doch du weißt, um unser Zuhause zu schützen, muss Marleen auch ein Halsband tragen, sonst ruiniert sie noch alles."

Eilig nickte Franjo. "Unser Zuhause" zu sagen, war ein cleverer Schachzug von ihm gewesen.

Als er sich wieder umdrehte, kniete Marleen auf dem kalten Steinboden. Überrascht schaute er in ihr Gesicht, ihr Blick war devot.

„Bitte, Sir! Was muss ich tun, um auch so ein besonderer Mensch für Sie zu sein?"

„Du möchtest auch so ein Halsband tragen?"

Nun war ihm seine Überraschung doch deutlich anzuhören.

Marleen nickte und senkte dabei ihren Blick.

Das hatte er noch nie erlebt!

„Dieses Halsband wird dich an dieses Haus fesseln, denn es sendet Signale aus. Damit weiß ich stets, wo du bist. Und nicht nur das! Wenn du dich entfernst, kommen Stromstöße, die mit jedem Meter, den du dich entfernst, heftiger werden. Gehst du zu weit, wird es explodieren. Nimmst du es ab, explodiert es auch. Bist du dir sicher, dass du das möchtest?"

Diabolisch funkelten seine Augen, denn eigentlich hatte dieses Mädchen gar keine wirkliche Wahl zu entscheiden, was mit ihr passierte.

Ihr erneutes Nicken erstaunte und erfreute ihn gleichermaßen.

Auch er nickte. Und als er ihr das Halsband umlegte, wünschte er sich aus tiefstem Herzen, dass irgendwann einmal seine Göttin sich auch freiwillig sein Halsband umlegen lassen würde.

# Kapitel 26
## *Barney*

Es war eine brillante Idee von Mitchel gewesen, in der Vermisstendatenbank nach den Frauen zu suchen. Alle sechs toten Frauen konnten somit zweifelsfrei identifiziert werden. Doch was war mit den anderen vermissten? Waren sie noch in der Gewalt des Täters oder waren sie schon tot? Doch im Grunde genommen, wusste niemand, ob alle vermissten Fälle wirklich miteinander zusammenhingen.

Genervt fuhr sich Barney durch sein schütteres Haar und ging gedanklich die Fakten noch einmal durch: Alle Frauen waren weiß, Mitte zwanzig, hatten blondes langes Haar, waren eins fünfundsechzig groß und schlank. Andere Gemeinsamkeiten gab es augenscheinlich keine. Eine war verheiratet, eine verlobt, zwei in einer festen Beziehung, die restlichen Frauen waren offiziell Single. Die Berufe waren unterschiedlich, der Freundeskreis auch, sogar die Hobbys waren nicht dieselben. Nur eine Gemeinsamkeit gab es noch: Keine der Frauen hatte Kinder. Allerdings bezweifelte Barney stark, dass das relevant für den Fall Felicia Sun war.

Es war zum aus der Haut fahren. Irgendetwas übersah er. Oder aber, er verrannte sich zu sehr in diesem Fall. Er musste dringend mit Charly McBlance reden.

Vor dem Polizeirevier angekommen, wartete Charly schon auf ihn.

Beide Männer hoben kurz zur Begrüßung die Hand und nickten sich zu.

„Gibt es etwas Neues?"

Für Floskeln hatte Barney noch nie etwas übriggehabt.

„Ich war noch nicht drin. Aber ich befürchte nein. Auch die Befragungen von Claire Blade und Jayden Blade waren erfolglos."

Schweigend betraten sie das Polizeigebäude und Barney folgte Charly zu seinem Schreibtisch.

„Hey, McBlance! Was vergessen oder doch nicht gefunden, was du gesucht hast?"

Kühl musterte der Polizist in Uniform Charly. Sonderlich zu mögen schien er Charly nicht.

„Nein! Wieso?"

Auch Charlys Blick bestätigte die Antipathie, die zwischen den beiden Kollegen offensichtlich herrschte.

„Tu bloß nicht so! Vorhin an deinem Schreibtisch hast du doch irgendwas gesucht. Alles muss ja immer streng geheim sein bei dir. Doch deine pampigen Kommentare kannst du dir in Zukunft sparen! Klar? Oder denkst du, ich bin so blöd und bekomme nichts mit?"

Der verwirrte Gesichtsausdruck von Charly ließ alle Alarmglocken auf einmal in Barneys Kopf erklingen. Was wurde hier für ein Spiel getrieben?"

„Ach, fick dich, Holdon! Du vergeudest meine Zeit!"

Energisch ging Charly weiter und rempelte dabei an einen Stapel Akten, die geräuschvoll auf den Boden landeten. Doch darum kümmerte er sich nicht. Sein Ziel war scheinbar nur, so schnell wie möglich an seinen Schreibtisch zu kommen.

„Was ist los?"

Barney tastete mit seinem Blick Charlys Schreibtisch ab. Augenscheinlich fiel ihm aber nichts auf, denn alles lag in guter alter Charly-Manier geordnet da.

„Keine Ahnung, was das eben sollte."

„Ich dachte, du warst heute noch gar nicht im Department gewesen?"

Genau musterte Barney Charly bei seiner Aussage, die er allerdings wie eine Frage klingen ließ.

„War ich auch nicht! Vergiss Holdon, der ist ein Spinner!"

Mit einer wegwerfenden Geste setzte sich Charly auf seinen Drehstuhl und deutete Barney an, ihm gegenüber Platz zu nehmen.

Stumm nickte Barney und setzte sich. Seine Gedanken drehten sich in seinem Kopf. Irgendetwas stank hier schlimmer als verfaulter Fisch.

# Kapitel 27

Seine Wut stieg von Sekunde zu Sekunde immer mehr an. Dass das FBI nun hinter ihm her war, belustigte ihn allerdings über allen Maßen, denn er wusste, dass niemand, wirklich niemand, auch nur den Hauch einer Ahnung hatte, wer er war. Doch was ihn wirklich ankotzte, war die Tatsache, dass seine Göttin jetzt bei so einem FBI-Fuzzi war, an einem "geheimen" Ort.

„Hast du meinen Plan verstanden?"

Nur schwer konnte er an sich halten, seine Wut jetzt nicht an Franjo auszulassen.

„Ja, Herr! Ich warte hier auf Euch. Und wenn etwas schief geht, komme ich Ihnen zur Hilfe geeilt."

Stumm nickte er Franjo zu und verspürte auf einmal Dankbarkeit für dessen Loyalität.

„Gut! Wenn das getan ist, holen wir deine neue Schlampe, die ich für dich auserkoren habe, ab!"

Er sah das freudige Glänzen in Franjos Augen, als dieser ihm grinsend zunickte. Dann stieg er aus dem Wagen.

Das Haus, vor dem er stand, wirkte wie eine Ruine. Viele Fenster hatten eingeschlagene Glasscheiben, einige waren mit Brettern notdürftig zugenagelt worden. Der Putz blätterte von den Wänden und überall stank es nach Pisse.

Igitt, wie konnte jemand nur in so einer Umgebung hausen? Angeekelt öffnete er die Haustür und stieg dann die Stufen ins Dachgeschoss hinauf. Die Beleuchtung war spärlich, denn es gab nur vereinzelte Lampen, die auch meist nur flackernd funktionierten. Überall im Hausflur waren Graffiti-Schmierereien und auch hier stank es bestialisch.

Oben angekommen atmete er noch einmal tief ein und wieder aus, was bei diesem Gestank fast unmöglich war, dann klingelte er.

Die Zeit verging echt schleppend. Eigentlich wollte er nur noch schnell weg von diesem schrecklichen Ort, jedoch hatte er erst eine Mission zu erfüllen.

Krächzend öffnete sich die Tür und er erblickte eine leichtbekleidete Frau, die aussah wie Marleen, nur älter und auch der Drogenmissbrauch war ihr deutlich anzusehen.

„Hi, ich bin hier wegen Ihrer Tochter Marleen."

„Egal was das Dreckstück getan hat, es interessiert mich nicht."

Kaum hatte sie diese Worte ausgesprochen, schlug sie ihm auch schon wieder die Tür vor der Nase zu.

Wutentbrannt ballte er die Fäuste. So ließ er nicht mit sich umgehen. Was glaubte diese elendige Schlampe, wer sie eigentlich war? Dafür würde diese miese Bitch bitter büßen!

Er war gerade im Begriff auszuholen, um die Tür einzutreten, als er ein Geräusch hinter sich wahrnahm. Blitzschnell drehte er sich um und erblickte einen finster dreinschauenden Kerl, mit Goldketten um den Hals und unzähligen Tattoos am Körper.

„Was willst du hier?"

Dass ihm gerade Franko gegenüberstand, kam ihm gelegen, denn sofort entwickelte er einen neuen Plan für sein Vorhaben.

„Ich bin wie immer hier, um Marleen abzuholen."

„Marleen abholen?"

Der misstrauische Blick seines Gegenübers beeindruckte ihn in keinster Weise.

„Ja, die Chefin überlässt mir die kleine regelmäßig gegen Cash. Aber diesmal hat ein anderer wohl mehr Kohle abgedrückt. Naja, muss ich mir halt eine andere Hure suchen."

Mit diesen Worten schickte er sich zum Gehen an, doch Franko hielt ihn an seiner Jacke fest.

„Warte! Ich kläre das!"

Sichtlich aufgebracht öffnete Franko seine Haustür und stürmte in die Wohnung zu seinem Fickstück.

Grinsend lehnte er sich mit verschränkten Armen an die Wand. Die Show würde nun beginnen.

Die Stimmen, die aus der Wohnung zu ihm drangen, waren gedämpft, wurden aber sekündlich lauter und verständlicher.

„Du verkaufst mein Eigentum an andere?"

„Sie ist immer noch meine Tochter!"

Oh, das lief ja sogar noch besser als gedacht! Mit dieser Aussage hatte sie sich selbst Schachmatt gesetzt.

„Deine Tochter? Gib mir das Geld!"

„Welches Geld?"

„Das, was du für deine Hurentochter kassiert hast!"

„Ich habe kein Geld!"

„Willst du mich verarschen?"

Dröhnend nahm er das Geräusch von Schlägen und das Geheule einer Frau auf dem Flur wahr.

Stumm zählt er die Schläge mit. Keiner kam der Schlampe zur Hilfe. Ja, das war der Preis, wenn man in solch einer Gegend wohnte.

Langsam betrat er die Wohnung. Siebenundvierzig, achtundvierzig, neunundvierzig…

Der Anblick, der sich ihm bot, war atemberaubend: Die blutende Frau kauerte wie ein Fötus auf dem Boden und der Kerl schlug und trat immer wieder brutal auf sie ein. Er konnte sogar hören, wie ihre Knochen unter den schweren Stiefeln brachen.

Diese Situation brachte ihm Genugtuung. Es war für Marleen!

Genau beobachtete er das Ganze, während er sich seine Handschuhe anzog. Mittlerweile sagte die Frau keinen Mucks mehr, doch das war ihrem Peiniger scheinbar egal. Unermüdlich trat er auf sein wehrloses Opfer ein, malträtierte ihren leblosen Körper.

„Ich glaube das reicht, die Schlampe ist tot."

Stellte er sachlich und laut fest.

Augenblicklich zuckte der Zuhälter zusammen und erwachte wie aus einer Trance. Sein Blick war entsetzt.

„Sie hat uns beide beschissen. Sie hat es verdient. Findest du nicht auch?"

Langsam zog er einen Stuhl am Esstisch zur Seite und setzte sich dann darauf. Dabei fixierte er den Mann mit den Goldketten mit festem Blick.

„Ja, Mann! Nicht wahr? Sie hat es verdient!"

Bedächtig nickte er Franko zu, während er ein Beutelchen Kokain auf den Tisch legte.

„Komm, lass uns das feiern, mein Freund! Und dann helfe ich dir, das Miststück zu entsorgen."

Grinsend setzte sich Franko zu ihm. Diese Vertrauensseligkeit ließ ihn fast schallend loslachen.

„Hier, ich lasse dir den Vortritt!"

Bedeutungsvoll schob er Franko das Beutelchen mit dem weißen Pulver zu.

Rasch öffnete dieser das Tütchen und kippte den Inhalt auf den Tisch, danach angelte er voller Vorfreude eine Kreditkarte und einen Geldschein aus seiner Brieftasche.

Ruhig schaute er Franko dabei zu, wie er aus dem Pulver zwei weiße Linien mit seiner Kreditkarte formte und dann seinen Geldschein rollte. Ja, er genoss förmlich den Anblick, als sich Franko über das Koks beugte und es dann mit seiner Nase in sich einsog.

Besonnen sah Franko ihn an, mit einem schiefen Grinsen im Gesicht.

Langsam erhob er sich und ging zu dem leblosen Körper der Frau. Zaghaft fühlte er ihren Puls und stellte erfreut fest, dass Franko sie wirklich totgeprügelte hatte.

Ein dumpfer Knall ließ ihn aus seinen Gedanken schrecken. Als er sich umblickte sah er Franko auf dem Boden liegen. Er krampfte und zitterte. Weißer Schaum quoll ihm aus dem Mund. Seine Augen waren blutunterlaufen. Deutlich rang er um Atemluft.

Auch dieser Anblick gefiel ihm sehr. Garantiert hatte sich dieser Wichser diesen Trip nicht so vorgestellt. Das Kokain mit Strychnin zu versetzen, war die richtige Wahl gewesen. Zwar hatte er gedacht, das Zeug der Hure anzudrehen, aber so wie es gekommen war, war es um Welten besser gelaufen, als geplant.

Ohne jede Eile verließ er die Wohnung und das Haus. Er hatte es wirklich geschafft!

„Herr! Endlich! Ich hatte solche Angst um Euch! Wenn Euch etwas geschehen würde…"

Mitten im Satz brach Franjo ab, sichtlich den Tränen nahe.

Seelenruhig startete er den Wagen.

„Keine Sorge! Es lief alles perfekt. Lass uns fahren."

„Welche willst du?"

Großzügig zeigte er auf die Prostituierten, die in der dunklen Gasse standen. Auch die Wasserstoffblondine war dabei.

„Ich verstehe nicht, Herr. Ich dachte, Ihr habt schon eine für mich ausgesucht?"

„Willst du nicht selbst eine wählen?"

„Nein, Herr! Ich möchte die, die Ihr für mich wählt."

Erhaben lächelte er Franjo an. Seine Antwort machte ihn stolz.

„Gut, dann die da hinten. Sie war sehr gemein zu Marleen, dafür muss sie büßen!"

„Herr, erlaubt Ihr mir eine Frage, bitte?"

Nervös knabberte Franjo an seinen ohnehin zu kurzen Fingernägeln.

Seine Laune war durch die Ereignisse in der Wohnung von Marleens Mutter und Stiefvater deutlich gehoben, deshalb nickte er gnädig.

„Warum sie?"

„Marleen?"

Schüchtern nickte Franjo.

Was sollte er auf Franjos Frage nur antworten? Im Grunde wusste er gar nicht, warum er sie erretten wollte. Doch diese Schwäche würde er vor Franjo nie zugeben.

„Sie erinnert mich an meine Schwester."

Gelangweilt tuend zuckte er mit seinen Schultern. Doch die Erkenntnis dabei, dass er gerade die Wahrheit ausgesprochen hatte, traf ihn mitten ins Herz.

„Wo ist Eure Schwester, Herr?"

„Sie ist tot. Mehr musst du nicht wissen!"

Diese Unterhaltung ging ihm gehörig auf die Nerven. Er wollte jetzt nicht an Liv denken.

„Ja, Herr! Ich verspreche, ich werde gut auf Marleen aufpassen!"

Erstaunt schaute er Franjo an.

„Und diese Hure wird jede Gemeinheit bereuen, dass verspreche ich Ihnen auch!"

„Na dann, klettere nach hinten!"

Nachdem Franjo auf der Rückbank verschwunden war, lenkte er den Wagen in die Straße, direkt auf die Wasserstoffblondine zu.

„Steig ein!"

Artig setzte sich die ahnungslose Frau auf den Beifahrersitz.

„Anschnallen!"

„Viele Worte benutzt du ja nicht gerade."

Ihre Stimme klang nörgelnd und schrill. Furchtbar! Aber wenigstens hörte sie auf seine Aufforderung und schnallte sich an.

Langsam und möglichst unverdächtig fuhr er los.

„Marleen, was weißt du über sie?"

„Ach, hör doch auf mit dieser kleinen Göre, der musste ich erstmal mit einem Knüppel beibringen, wie es sich überhaupt anfühlt, wenn man hart gefickt wird! Vergiss die Schlampe, wenn du eine Frau wie mich haben kannst, Süßer!"

Lasziv ließ sie ihren Zeigefinger über seinen Oberschenkel gleiten und leckte sich dabei über ihre vollen roten Lippen. Ihr arroganter Tonfall gefiel ihm überhaupt nicht.

Abrupt hielt er ihre Hand fest und quetschte sie zusammen.

136

„Autsch, du tust mir weh! Lass mich los, du dreckiger Hurensohn…"

„Stopf ihr endlich das Maul!"

„Sehr gerne, Herr!"

Mit einer schnellen Handbewegung langte Franjo nach vorn und umschloss den Mund der Frau mit einem in Chloroform getränkten Taschentuch.

Augenblicklich herrschte Stille.

Rasch zog Franjo an einem Hebel und brachte somit den Vordersitz in Liegeposition. Behände zog er die betäubte Frau zu sich auf die Rückbank und fesselte sie geschickt mit Kabelbinder und Klebeband. Dann zog er eine Spritze auf, wie der Meister es ihm gezeigt hatte, und spritze der bewusstlosen Frau ein starkes Schlafmittel. So würde sie jetzt einigen Stunden die Klappe halten.

„Vergiss den Test nicht!"

„Ja, Herr!"

Geschwind nahm Franjo die Hand der Frau und pikste ihr mit einer Nadel in die Fingerkuppe. Bald würde das Testergebnis zeigen, ob er sich ungeniert mit ihr vergnügen durfte, denn auch Franjo hatte wenig Lust auf irgendwelche Krankheiten.

Nachdem Franjo damit fertig war, kletterte er auf den Beifahrersitz.

Zufrieden nickte er Franjo zu, der ihn glücklich anlächelte.

# Kapitel 28
## *Marleen*

Traurig schaute Marleen den Männern hinterher und verspürte dabei Eifersucht auf Franjo. Was hatte dieser Typ an sich, dass er den Meister bei seiner Mission begleiten duften und nicht sie? Natürlich war ihr bewusst, dass Franjo schon länger hier war und dass sie sich dieses Vertrauen erst verdienen musste, trotzdem kränkte es sie. Sie wollte diesem Mann unbedingt gefallen. Er sollte stolz auf sie sein. Es war das erste Mal seit langem, dass sie sich sicher fühlte und das war ein wirklich großartiges Gefühl.

Mutig schaute sie sich um. Das Haus wirkte idyllisch und doch spürte Marleen, dass es ein Geheimnis in sich trug.

Zaghaft schritt Marleen durch die Räume im Erdgeschoß. Nach oben wagte sie sich nicht, denn sicher war dort das Reich des Meisters und es stand ihr nicht zu, es unaufgefordert zu betreten. Doch wo war Franjos Zimmer? Und welches würde sie bewohnen dürfen?

Alles in diesem Haus war ordentlich und sauber. Ob Franjo hier putzte? Vielleicht könnte das in Zukunft ihre Aufgabe werden, damit sie sich dankbar zeigen könnte.

Lächelnd malte sich Marleen ihr Leben hier aus. Ja, hier könnte sie wirklich glücklich werden.

Gedankenverloren schlenderte sie in den nächsten Raum und schaute sich dann in der üppigen Küche um. Hier gab es jeden Luxus, den sich eine Frau nur erträumen konnte. Beschämt dachte sie an die versiffte, kaputte Küche ihrer Mutter. Überhaupt war hier alles so viel schöner. Wenn wirklich der einzige Preis ihre Freiheit war,

138

wäre das hier ihr Paradies. Denn mal ehrlich, Freiheit besaß sie bei ihrer Mutter und ihrem Stiefvater auch keine und dort musste sie Dinge tun, die ihr zuwider waren.

Sie hörte gedämpfte Stimmen hinter der Tür. Das Timing war wirklich perfekt, denn das Essen, das sie gerade zubereitet hatte, würde in Kürze fertig sein. Hoffentlich fand der Meister es nicht Anmaßend von ihr, dass sie gekocht hatte. Innerlich betete sie um seinen Zuspruch.

„Das riecht köstlich!"

Die Stimme des Meisters klang zwar sachlich, trotzdem freute sich Marleen über sein Lob.

Während des Essens schwiegen der Meister und Franjo. Nur ab und an bemerkte Marleen die verstohlenen Blicke, die sich die beiden Männer zuwarfen. Sie bedauerte zutiefst, dass sie nicht in das Geheimnis eingeweiht war, traute sich aber auch nicht, nachzufragen.

„Herr, es wird Zeit!"

Franjos Blick verriet ihr, dass es um etwas ganz Großes ging. Ihre Kopfhaut kribbelte, doch noch immer sagte sie kein Wort.

Ihr Meister nickte nur, dann verschwanden die beiden Männer durch die Küchentür und ließen Marleen mit dem dreckigen Geschirr alleine zurück.

Dicke Tränen kullerten über Marleens Gesicht. Würde das jetzt immer so ablaufen? Nein, das schmutzige Geschirr oder gar den ganzen Haushalt allein machen zu müssen, störte sie nicht im Geringsten. Was ihr wirklich zusetzte war der Gedanke, womöglich bei allem außen vor zu bleiben. Dann würde sie nie richtig dazugehören.

Ein Poltern im Nebenzimmer holte sie aus ihren Grübeleien. Schnell wischte sie die Tränen weg und straffte ihre

Schultern. Eigentlich wusste sie, dass Neugierde sich nicht schickte, trotzdem blinzelte sie durch den Spalt der leicht geöffneten Küchentür.

Der Anblick, der sich ihr bot, ließ ihren Atem stocken und sie traute ihren Augen kaum, als Franjo eine scheinbar bewusstlose Frau über seiner Schulter hängend ins Haus trug. Unsanft ließ er sie auf den Boden knallen. Und da erkannte Marleen sie! Es war Trixi, die Nutte, die sie bei Franko angeschwärzt und sie sogar misshandelt hatte.

Unvermittelt traten erneut Tränen in ihre Augen. Der Meister hatte also wirklich sein Wort gehalten, als er ihr versprach, die Schlampe würde ihre gerechte Strafe dafür erhalten, für das, was sie Marleen angetan hatte.

„Ich sagte dir, dir wird nicht alles gefallen, was du hier siehst."

„Sir, verzeiht, wenn ich widerspreche, aber dieser Anblick gefällt mir sehr!"

Der musternde Blick des Meisters entging Marleen nicht. Er schien abzuwiegen, was nun geschehen sollte.

„Herr, ich würde die hier mit ihr teilen. So sehen wir gleich, ob das Weib wirklich Ihrer Gnade und Zuwendung wert ist."

Franjos Worte überraschten Marleen. Dankbar lächelte sie ihn an.

„Gut, dann soll es so sein! Doch lassen wir sie noch etwas leiden. Angst zu schüren verdoppelt die Macht! Bring sie weg und kette sie an!"

Seine Worte zeigten keine Emotionen und auch sein Blick war ohne Gefühlsregung.

„Sir! Sie sollte auch ein Halsband tragen. Nicht weil sie etwas Besonderes ist, sondern naja, damit sie nicht weglaufen kann."

Verängstigt schaute Marleen zu ihrem Meister. War sie nun zu weit gegangen, weil sie sich erdreistet hatte, diesen Vorschlag zu unterbreiten?

Zufrieden nickte der Meister ihr zu und befahl Franjo der noch immer bewusstlosen Frau ein Halsband anzulegen.

„Komm, Marleen! Ich zeige dir dein Zimmer!"

Sanft schob er sie in Richtung Treppe. Auf der untersten Stufe drehte sich der Meister nochmal zu Franjo um.

„Du hast mich heute sehr stolz gemacht! Ich gebe dir die Erlaubnis, dich an dem Dreckstück zu erfreuen. Nur töte sie nicht, denn du wolltest sie ja mit Marleen teilen."

Vielfach bedankte sich Franjo, dann verschwand er mit Trixi im Flur. Wo er sie wohl hinbrachte?

Der Meister drehte sich zu Marleen um und zog sie dann mit sich ins Obergeschoss.

„Dort wird dein Zimmer sein. Daneben ist das Bad. Die anderen Zimmer sind für dich tabu! Verstanden? Erwische ich dich jemals dabei, wie du einen der Räume unaufgefordert betrittst, wirst du es bitter bereuen!"

Der raue grobe Ton des Meisters signalisierte Marleen absoluten Gehorsam und sie war mehr als froh, dass sie vorhin auf ihr Bauchgefühl gehört hatte und sich nicht in den oberen Zimmern umgesehen hatte.

„Ja, Sir! Ich habe verstanden!"

„Gut! Und nun leg dich schlafen."

Mit diesen Worten schloss er die Zimmertür hinter ihr.

Müde sah sich Marleen um. Das Zimmer gefiel ihr wirklich gut. Es beherbergte alles, was sie brauchte und im Kleiderschrank hingen sogar schöne Kleidungsstücke. Wem die wohl gehörten?

Erschöpft ließ sie sich auf das weiche Himmelbett fallen. Dies war nun also ihr Reich, ihr Zuhause!

Glücklich, mit einem Lächeln auf den Lippen schloss Marleen ihre Augen und in nur wenigen Augenblicken war sie ins Traumland abgetaucht.

# Kapitel 29
*Franjo*


Beflügelt von den Worten seines Meisters schleppte Franjo die bewusstlose Frau in den Keller.

Heute war wirklich sein Glückstag. Nicht nur, weil er seinen Meister bei einer Mission begleiten durfte und er zum Dank sein eigenes Fickfleisch zum Austoben bekommen hatte. Nein, sein Meister hatte ihn für einen kurzen Moment Einblick in sein Innerstes gegeben, indem er ihm von seiner Schwester erzählt hatte. Zwar war es nicht viel gewesen, aber das war Franjo egal. Der Meister hatte ihn ins Vertrauen gezogen, sie waren eine Einheit.

Zufrieden lächelte Franjo, denn jetzt verstand er auch eher, was der Meister an diesem Mädchen fand. Sie war keine Konkurrenz für ihn, denn sie war quasi nur die Schwester. Dieses Wissen machte es so viel einfacher für Franjo, damit umzugehen, dass Marleen ab jetzt bei ihnen lebte.

Wenn er ehrlich war, mochte er sie sogar und es hatte durchaus auch Vorteile, eine Frau bei sich wohnen zu haben. Denn ab sofort konnte Marleen den lästigen Haushalt übernehmen. Sicher stimmte ihm der Meister in diesem Punkt zu.

Für Franjo war klar, dass er ab jetzt das Mädchen beschützen würde, damit der Meister stolz auf ihn war.

Gedankenverloren bugsierte Franjo die Frau in den Raum, in dem so herrlich viele Foltergeräte standen. Dieses Kellerzimmer nutzte der Meister nur selten, aber für Franjo war es hier das Paradies. Hier hatte er oft sein letztes Fickstück gequält und ab und an auch eine von den Frauen des Meisters. Zum Glück hatte ihn der Meister dabei nie erwischt. Sicher hätte das Franjo sonst nicht überlebt.

Unsanft lud er die Nutte auf dem kalten Steinboden ab und legte ihr als erstes das Halsband um. Nicht zu fest, aber etwas stramm saß es doch, genau richtig um Panik auszulösen.

Nachdem er das getan hatte, entkleidete er die Frau ohne jede Eile und schnallte sie auf der Streckbank mit weit gespreizten Beinen und Armen fest. Wenn man jetzt an einem der Räder drehte, würde sie immer mehr aufgespreizt werden.

Perfekt! Dieser Anblick ließ Franjos Glied hart pulsieren.

Hastig entkleidete er sich. Es war Zeit seinem Trieb nachzugehen.

Ein Röcheln ließ Franjo hochschrecken. Scheinbar war er wohl doch während einer Fickpause auf dem schwarzen Ledersofa, das an der Wand stand, eingeschlafen. Verschlafen versuchte er sich daran zu erinnern, wie oft er sie penetriert hatte. In jedes ihrer Löcher hatte er dabei gespritzt. Sein Schwanz fühlte sich taub und wund an, aber er war zutiefst befriedigt.

Grinsend starte er die Wasserstoffblondine an. Er ergötzte sich an ihrem hilflosen Anblick und fand es geradezu niedlich, wie sie an den Fesseln zerrte und versuchte, sich zu befreien.

„Binde mich sofort los, du Penner!"

Giftig funkelte sie ihn an.

„Na, na, na. Wer wird denn? Meinst du nicht, es wäre klüger von dir, netter zu mir zu sein?

144

Deutlich sah Franjo, dass sein Opfer hin und her gerissen war. Sicher gingen ihr gerade einige üble Beschimpfungen durch ihren Kopf.

In diesem Moment vernahm Franjo das Quietschen der Geheimgangstür. Der Meister war also da! Schnell zog sich Franjo seine zerrissene Jeans und sein altes zerfleddertes Shirt über. Auf Slip und Socken verzichtete er geflissentlich. Dann eilte er aus der Tür auf seinen Meister und Marleen zu, ohne auf die Schreie der Frau zu achten.

„Herr!"

„Wie ich höre, ist sie erwacht."

Die Feststellung seines Meisters hätte nicht sachlicher sein können.

Heftig nickte Franjo.

„Darf ich zu ihr, Sir?"

Marleens Gesicht zeigte keine Emotionen.

Abschätzend blickte der Meister Marleen an, gab ihr dann aber sein Okay.

Beide Männer sahen Marleen hinterher, wie sie langsam durch die Kellertür schlüpfte, die nur einen Spalt weit geöffnet war.

Augenblicklich wollte Franjo ihr nach, doch der Meister hielt ihn zurück. Gebannt lauschten sie in die Stille.

„Marleen! Schnell, mach mich los!"

„Wofür, Trixi? Damit du mich wieder mit einem Knüppel vergewaltigen kannst?"

Marleens Stimme zitterte nicht, sie klang eher gefasst und gleichgültig.

„Vergewaltigt? Quatsch! Ich wollte dich doch nur auf die kranken Typen vorbereiten!"

„Meinst du nicht, dass Franko mich nicht genug eingeritten hatte? Seitdem ich elf Jahre alt war, kam er jede Nacht in mein Zimmer."

„Er hat dich vielleicht gefickt, aber ich habe dich angelernt! Die Kunden haben Bedürfnisse."

Laut begann Marleen zu lachen. Dabei klang aber keine Fröhlichkeit von ihr durch den Keller.

„Oh, meine Lehrerin! Mir wird gleich schlecht! Du bist eine verlogene Hure! Abschaum, mehr nicht! Und ich freue mich, dass dir hier nun deine gerechte Strafe widerfährt!"

„Warte nur ab, bis Franko kommt. Er wird alles dafür tun, um uns zu finden, und dann wirst du dir wünschen, ich würde dich nur mit einem Knüppel ficken, du Miststück!"

„Oh, Trixi Liebes, da muss ich dich leider enttäuschen! Franko wird nicht kommen! Er hat die Nase zu voll genommen."

„Wie meinst du das?"

„Er ist tot, genauso wie die Hure, die mich einst geboren hatte."

Der Meister gab Franjo nun ein Zeichen ihm zu folgen. Scheinbar hatte er genug gehört. Auch Franjo war leicht übel. Er konnte nicht verstehen, wie diese Schlampe so gemein zu Marleen gewesen sein konnte. Dafür würde das Miststück büßen!

# Kapitel 30
*Felicia*


Gedankenverloren schaute Felicia aus dem Fenster und beobachtete den Schnee, der leise vom Himmel rieselte. Die letzten Monate, beziehungsweise Jahre, waren die furchtbarsten für sie. Die viele Angst und Panik, die sie stets umgaben, setzten ihr wirklich zu. Doch das alles kam ihr jetzt so weit weg vor, denn die letzten Tage waren wirklich himmlisch gewesen. Hier bei Derek fühlte sie sich sicher. Noch vor kurzem hätte sie nie gedacht, dass es jemals wieder so sein könnte.

Verträumt lächelte Felicia, als sie an Derek dachte. Es war wirklich schon Ewigkeiten her, dass sie Interesse an einem Mann gefunden hatte. Derek war gut einen Kopf größer als sie, hatte einen durchtrainierten Körper, braunes strubbeliges Haar, wunderschöne dunkelbraune Augen und ein Lächeln zum Dahinschmelzen. Aber das war nur seine äußere schöne Hülle, denn am attraktivsten fand Felicia, dass Derek liebevoll, freundlich und außerordentlich intelligent war.

Ja, Derek Mitchel war eindeutig ein Typ Mann, in den sich Felicia verlieben könnte. Allein wenn sie an den Silvesterabend dachte, kribbelte es in ihrem Bauch. Er hatte sie mit zu seiner Familie genommen und als seine neue Freundin vorgestellt. Natürlich wusste Felicia, dass er schlecht hätte sagen können: *„Hey Leute, das ist Felicia Sun. Hinter ihr ist ein verrückter Spinner her und deshalb muss ich jetzt auf sie aufpassen."* Für alle wäre dann das Fest ruiniert gewesen. Nein, Angst sollte niemand haben und schon gar nicht wegen ihr. Trotzdem war es ein tolles Gefühl, nach ewigen Zeiten mal wieder die Freundin von jemanden zu sein.

Das Silvesterfest bei den Mitchels war wirklich eindrucksvoll: Viele Menschen, laute Musik von einer Live-Band, überall wurde geredet, gelacht und getanzt. Einfach gigantisch. Doch das schönste für Felicia an diesem Abend waren nicht die vielen Eindrücke, sondern dass sie sofort herzlich von Dereks Familie aufgenommen wurde und natürlich der Kuss, den ihr Derek um Mitternacht unterm feuerwerkerhellten Himmel auf die Lippen gehaucht hatte. Augenblicklich erröte Felicia, als sie an ihre erste gemeinsame Nacht mit Derek dachte.

Instinktiv wusste Felicia, dass es jetzt nur noch bergauf gehen konnte. Ein Jahr, das so schön begann, konnte doch nur Gutes bringen, oder?

„Hey, ist alles okay?"

Liebevoll umarmte in diesem Moment Derek Felicia von hinten.

Felicia nickte träge und schloss dann genießerisch ihre Augen, bevor sie ihren Kopf an seine breite Schulter lehnte. Als sie die Augen wieder öffnete, lächelte sie glückselig, denn das Paar, was sich in der Fensterscheibe spiegelte, sah wirklich toll zusammen aus.

„Bist du wirklich wieder bereit, zu arbeiten?"

Fragend musterte Derek Felicia von Kopf bis Fuß.

„Ja! Und es fühlt sich gut und richtig an! Mr. O'Neill hat auch einen neuen Personenschützer für mich organisiert und abends kannst du dann wieder auf mich aufpassen."

Zärtlich strich Felicia Derek über sein stoppeliges Kinn. Dieser Drei-Tage-Bart machte ihn noch attraktiver.

148

„Gut, wie du meist! Aber sobald dir etwas seltsam erscheint, meldest du dich sofort bei mir! Klar?"

„Ai, ai, Sir!"

Kokett lächelte Felicia Derek an und salutierte ihm dabei.

„Du bist wirklich ein kleines Biest! Eigentlich müsste ich dir dafür den Popo versohlen!"

„Oh, und warum tust du es dann nicht?"

Lasziv leckte sie sich über die Lippen, sodass Derek heiß wurde.

Oh ja, dieses Jahr würde sicher perfekt für Felicia werden.

## Kapitel 31
*Marleen*


*W*enn sie sich ein Leben hätten aussuchen dürfen, hätte Marleen genau dieses gewählt. Ihr war bewusst, dass sie vor nicht allzu langer Zeit noch durch die Hölle auf Erden gegangen war, jedoch empfand sie ihr Dasein hier beim Meister als ein Geschenk des Himmels. Er war stets nett zu ihr und auch Franjo mochte sie inzwischen sehr. Er zog das durch, zu dem sie nicht fähig war. Nie im Leben hätte sie Trixi so fest mit dem Gürtel schlagen können, dass auch sie die gleichen Narben wie Marleen auf dem Rücken bekommen würde.

Es war Genugtuung für Marleen gewesen, jede Verbrennung und jede Strieme auf Trixis Haut zu rekonstruieren, aber so langsam verlor sie die Lust daran, sich mit Trixi zu beschäftigen. Der Meister und auch Franjo quälten beide gerne, jedoch war Marleen nicht so. Sie wollte nun mit diesem düsteren Kapitel aus ihrer Vergangenheit einfach abschließen. Ihr war es egal, was nun noch mit Trixi geschah, sollte doch Franjo seinen Spaß mit ihr haben.

Ein Geräusch an der Haustür ließ Marleen zusammenzucken. Endlich war er zurück! Seit der Silvesternacht hatte sie den Meister nicht mehr gesehen. Nun, wo er endlich zurück war, ging es ihr besser. Nicht, dass es ihr hier im Haus schlecht ging, das auf keinen Fall, jedoch wenn der Meister nicht da war, war Marleen aufgewühlt und unruhig, wie ein verängstigtes Tier. Jetzt, da sie wusste, dass er wieder da war, umfing sie augenblicklich eine innere Ruhe und Sicherheit.

Schnell beeilte sich Marleen, sich abzuknien. Ihr Meister sollte ihren Gehorsam und ihre Verehrung sehen und spüren.

„Hey, Marleen, Liebes! Komm, steh auf!"

Liebevoll half er ihr beim Aufstehen.

„Wo ist Franjo?"

„Im Keller, Sir!"

„Warum bist du nicht bei ihm?"

„Ich... Ich möchte das nicht mehr, Sir."

Unfähig ihm in die Augen zu sehen, senkte Marleen ihren Blick, doch der Meister nickte ihr verstehend zu.

„Hast du dich sonst gut eingelebt hier? Brauchst du noch etwas?"

Ächzend ließ er sich auf dem Sofa nieder und deutete Marleen an, sich auch zu setzten.

„Ja, Sir, das habe ich! Und nein, Sir, ich brauche nichts."

„Die Kleider oben in deinem Schrank müssten dir alle passen. Wenn sie dir gefallen, gehören sie ab heute dir!"

„Oh, danke Sir! Sie sind wirklich wunderschön! Darf ich fragen, wem sie gehörten?"

Neugierig musterte Marleen ihren Meister

„Frauen, die nun keine Kleider mehr brauchen."

„Die Frauen aus dem Keller?"

Augenblicklich schlug sich Marleen die Hand vor den Mund, als sie das böse Funkeln in seinen Augen erkannte.

„Du weißt also Bescheid?"

Seine Stimme hätte nicht dunkler sein können.

„Ich habe sie auf den Monitoren gesehen, Sir. Und manchmal höre ich ihre Schreie oder Rufe."

Entschuldigend zuckte Marleen mit ihren Schultern.

„Ja, die Kleider gehörten einst ihnen."

Mit starrem Blick fixierte er sie bei seiner Antwort, dabei klang seine Stimme zuckersüß, aber dennoch sehr gefährlich.

Mit wild klopfendem Herz horchte Marleen tief in ihr Innerstes. Sie war selbst überrascht, als sie keine Angst fühlte. Sie hatte weder Furcht vor seiner Reaktion, noch vor seiner Antwort.

„Ich würde gerne mehr über sie erfahren."

„Mehr über diese Frauen?"

Sein Erstaunen konnte er nun nicht mehr zurückhalten, als er sah, dass sie nickte.

„Also gut, warum nicht. Was willst du wissen?"

Schmunzelnd lehnte er sich zurück und wirkte dabei mehr amüsiert als verärgert. Puh, zum Glück!

„Warum sind diese Frauen hier?"

„Weil ich sie erwählt habe."

„Das verstehe ich nicht."

Genervt schnaubte er aus. Seine Laune schien auf einmal zu kippen.

„Bitte, Sir! Erzählt mir die ganze Geschichte!"

Deutlich sah ihm Marleen seinen inneren Kampf an.

Mit einem Ruck erhob er sich plötzlich und ging in Richtung Küche. Marleen war hin und her gerissen: Sollte sie ihm vielleicht folgen? Kurz überlegte sie, dann entschied sie sich jedoch dagegen und wartete geduldig ab.

Die Minuten vergingen (vielleicht waren es aber auch nur Sekunden – Marleen hatte jedes Zeitgefühl verloren), bis ihr Meister zu ihr zurückkam.

„Du hast Glück, dass ich mich heute in bester Laune befinde! Du willst die Geschichte. Okay, meinetwegen! Aber du darfst mich nur drei Mal unterbrechen und etwas fragen. Verstanden?"

Aufgeregt nickte Marleen. Sie würde schweigen und nur zuhören – so nahm sie es sich auf jeden Fall vor.

„Also schön, während der High School hatte ich mein Taschengeld etwas aufgebessert, indem ich Zeichnungen für einen Tätowierer nach Wunsch angefertigt hatte. Dieser Typ konnte alles tätowieren, war aber so talentiert wie ein Backfisch, was das Entwerfen und Vorzeichnen betraf. Es war also leichtverdiente Kohle für mich. Eines Tages brauchte er mich nicht mehr, doch als Dank hatte ich einen Wunsch frei. Ich überlegte damals nicht lange, ich wusste direkt, was es sein sollte. Also übergab ich ihm eine Tattoo-Vorlage, von einer kleinen Sanduhr, die umschlungen war, von drei stacheligen Rosen. Meine Forderung war schlichtweg, er solle mir Bescheid geben, wenn diese Vorlage einen Träger findet. Es…"

„Warum dieses Motiv?"

Die Worte kamen schneller aus Marleens Mund, als sie sie stoppen konnte. Innerlich verfluchte sie sich dafür.

„Nun, meine Liebe, das war dann wohl Frage Nummer eins!"

Erhaben grinste er sie an, was Marleen noch mehr auf sich zetern ließ.

„Dieses Motiv wurde einst von mir für meine Schwester entworfen, die es sich über ihrem rechten Hüftknochen tätowieren ließ! Und bevor du noch eine Frage verschwendest: Sie ist tot! Aber das ist eine andere Story!"

Sein Ton war nun schroff. Instinktiv wusste Marleen, dass jetzt nicht der richtige Zeitpunkt war, nach seiner Schwester zu fragen. Deshalb schwieg sie und nickte nur kaum merklich.

„Es vergingen mehrere Jahre. Ich hatte schon gar nicht mehr daran gedacht, als der Typ mich eines Tages anrief und meinte, er hätte soeben meine Vorlage einer jungen Frau über dem rechten Hüftknochen tätowiert. Ich konnte mein Glück kaum fassen! Es war tatsächlich noch einmal gestochen worden und sogar an der gleichen Stelle. Das konnte doch kein Zufall sein! Also war ich zu ihm gefahren und hatte mir meine Vorlage zurückgeholt. Redselig wie der Typ war, war es ein leichtes für mich, alles über die Trägerin MEINES Tattoos herauszubekommen."

Auffordernd blickte der Meister sie an, doch Marleen schüttelte nur mit dem Kopf. Nein, ganz sicher würde sie nicht noch eine sinnlose Frage stellen. Obwohl sein Bekenntnis, dass seine Schwester tot war, keineswegs für sie unrelevant war. Irgendwann würde sie ihn noch einmal nach ihr fragen, aber nicht heute.

„Als ich sie das erste Mal sah, hat es mir fast den Boden unter den Füßen weggerissen. Sie war die hübscheste Frau, die ich je gesehen hatte. Eine wahre Göttin! Felicia Sun, allein ihr Name klingt wie die schönste Melodie! Alle anderen Frauen wirkten einfach nur deplatziert neben ihr. Und so entstand mein Plan, Frauen so aussehen zulassen, wie sie. Nicht alle, so größenwahnsinnig bin nicht mal ich!"

Schallend drang sein raues Lachen in ihr Ohr.

„Nein, ich begnüge mich mit denen, die ihr ohnehin ähneln. Und das Internet macht es einem auch wirklich einfach, solche zu finden. Ein paar Klicks, ein paar nette geschriebene Worte und schon wollte jede Frau bisher ein Treffen mit mir. Ich musste sie nur noch abholen, mitnehmen und nach meinen Vorstellungen formen."

„Aus Ihrem Mund klingt das wirklich einfach! Oh, das war keine Frage, Sir! Nur eine Feststellung!"

Unruhig begann Marleen auf ihrem Sitz hin und her zu rutschen, was ihn zum Lachen brachte. Na super, jetzt amüsierte er sich auch noch auf ihre Kosten. Prima!

Genervt über sich selbst verrollte Marleen ihre Augen.

„Es war auch einfach! Ein kleiner Schnitt hier, eine Korrektur da. Sogar die Augen habe ich geschafft zu kopieren."

Deutlich hörte Marleen den Stolz aus seiner Stimme.

„Sie operieren die Mädchen?"

„Frage Nummer zwei! Ja, ich operiere sie. Wie sollte ich sie sonst zu meiner Göttin verschönern?"

Sein Blick war irritiert.

„Oh, bitte verzeiht, Sir! Ich wusste nicht, dass Ihr Arzt seid."

„Das bin ich auch nicht!"

„Aber wie ist es möglich, dass Ihr die Frauen operiert?"

In diesem Moment wurde Marleen schmerzlich bewusst, dass sie nun schon zum dritten Mal etwas gefragt hatte. Mist!

„Das Internet! Man findet im Netz einfach alles, was das Herz nur begehrt! Videos, Bilder, Anleitungen, Operationsutensilien – einfach wirklich alles. Es war ein Leichtes für mich, das zu erlernen. Doch der Fairness halber muss ich auch zugeben, dass ich zuerst an ein paar Tieren, und ich nenne sie mal: Versuchsobjekten, geübt hatte."

Fast entschuldigend zuckte er mit den Schultern.

Diesmal hatte er sie nicht darauf hingewiesen, dass sie bereits die dritte Frage gestellt hatte. Das ließ Marleen hoffen, doch wusste sie auch, dass sie den Bogen nicht überspannen durfte.

„Eine letzte Frage, Sir! Bitte!"

Flehend sah sie ihn an und hoffte auf seine Gnade.

Abschätzend blickte er sie an und führte scheinbar einen inneren Kampf, ob er seine Auferlegung wirklich brechen sollte.

„Nun gut, aber enttäusche mich nicht!"

Seine Worte klangen bedrohlich und verheißungsvoll zugleich.

Zaghaft nickte Marleen und atmete noch einmal tief ein und wieder aus.

„Sir, Ihr sagtet, Ihr habt sogar geschafft, die Augen zu kopieren. Aber was fehlt denn noch? Ich meine, mindestens eine Frau müsste doch schon perfekt sein…"

Schnell biss sich Marleen auf die Lippe, um ihren letzten Satz nicht wie eine Frage klingen zu lassen.

„Ja, so ist es, eine ist fast perfekt. Aber leider nur fast. Was noch fehlt? Ihre Stimme ist nicht so lieblich wie die meiner Göttin. Doch daran arbeite ich! Ich brauche nur eine gute Stimmaufnahme meiner Göttin und etwas Übung."

„Ich möchte helfen, Sir!"

„Mir helfen?"

Belustigt schaute er sie an.

„Ja, Sir! Ich könnte doch zum Beispiel die Stimmaufnahme besorgen."

Wortlos musterte er Marleen. Scheinbar wog er dabei ab, was er von ihrem Vorschlag halten sollte.

Gespannt hielt Marleen die Luft an und betete dabei stumm, dass der Meister ihr genug vertraute. Sie wusste, dass er fadenscheinig ein Risiko einging, aber niemals würde sie ihn enttäuschen. Ganz im Gegenteil, es wäre doch ein Vorteil, wenn sie gehen würde, denn so blieb ihr Meister unerkannt und im Hintergrund.

Ihr Blick erhellte sich, als sie sein Nicken sah.

„Also gut! Sie arbeitet als Krankenschwester im *Lenox Hill Hospital*. Ich denke, dort wird der beste Ort für dich sein, um an sie heranzukommen, denn ansonsten ist sie unter FBI-Bewachung. Traust du dir das wirklich zu?"

Aufgeregt zappelte Marleen auf ihrem Sitz umher. Er vertraute ihr also! Das war das absolut schönste Gefühl! Heftig nickte sie ihrem Meister zu und lächelte ihn gleichzeitig glücklich an.

„Ich werde Sie nicht enttäuschen, Sir!"

# Kapitel 32
## *Derek*

Gerne hatte er sie heute nicht zur Arbeit gebracht. Er hatte kein gutes Bauchgefühl bei der Sache, doch leider ging es nicht anders. Der Befehl kam von ganz oben und auch wenn Felicia dachte, sie wäre diejenige gewesen, die entschieden hatte, wieder zu arbeiten, kam doch der Befehl tatsächlich vom Oberboss. Budgetkürzung hieß das Zauberwort. Oh wie Derek es hasste, dass es immer nur ums Geld ging. Zum Glück war Barney O'Neill direkt eingesprungen, was den Personenschutz im Krankenhaus betraf und ein weiblicher Agent war auch immer in Felicias Nähe. Doch am liebsten hätte das Derek selbst übernommen, doch ein Mann mit seiner Statur würde zu sehr auffallen, das wusste er. Mist! Wenigstens nach Feierabend konnte er auf sie aufpassen, das war schon mal viel wert.

Gedankenverloren kaute Derek an der Verschlusskappe seines Füllers. Dieser Füller hatte einst seinem Vater gehört und Derek glaubte an seine Kraft, die durch ihn floss. Es war quasi der Geist seines Vaters, der ihm Unterstützung bot, bei schwierigen Fällen, doch diesmal konnte nicht mal sein alter Herr ihm helfen. Bei dem Fall *Felicia Sun* drehten sie sich buchstäblich im Kreis. Es gab noch immer keine neuen Spuren und die alten verliefen sich alle im Sand. Ja, toll, sie hatten die toten Frauen identifizieren können. Aber das war es auch schon! Es gab einfach nichts, was die Frauen, bis auf ihr Aussehen, miteinander verband. Genervt fuhr sich Derek durch sein braunes Haar. Irgendetwas übersah er. Nur was?

Das Klingeln seines Handys holte Derek aus seinen kreisenden Gedanken.

„Mitchel!"

„Hi, ich bin es, Felicia. Ich treffe mich nach der Arbeit mit Claire Blade zum Abendessen. Ich wollte nur, dass du Bescheid weißt."

Das auch noch! Derek ballte vor Wut die Faust, ließ sich aber seinen Ärger nicht anmerken.

„Wohin gehst du mit Mrs. Blade?"

„Das wissen wir noch nicht, aber sobald ich es weiß, schreibe ich dir eine Nachricht."

„Geht einer von O'Neills Leuten mit?"

„Ja und Agent Kellerman auch."

Kellerman, na super. Von dieser Frau hielt Derek am wenigsten. Sie war ganz neu beim FBI. Keiner wusste etwas von ihr. Aber nun musste Derek ihr vertrauen. Zum Glück waren Barneys Leute mit im Boot.

„Okay, gut. Gib mir Bescheid, ich hole dich dann ab."

„Mach ich! Bis dann."

Mit diesen Worten legte Felicia auf.

Dereks Bauchgefühl wurde immer unbehaglicher. Was sollte er nur von der ganzen Sache halten?

# Kapitel 33

*Felicia*

Dereks Fürsorge schmeichelte Felicia sehr, doch war es ihr fast zu viel. Natürlich hatte sie am Telefon gemerkt, dass es Derek alles andere als recht war, dass sie sich mit ihrer Freundin Claire zum Essen verabredet hatte, aber sie konnte sich doch nicht ewig verstecken. Vier Jahre lang war es der Polizei doch auch egal gewesen, dass sie einen Stalker hatte und nur, weil ein paar tote Frauen das gleiche Tattoo wie sie hatten, wurde plötzlich so ein Aufstand geprobt? In den ganzen letzten Jahren hatte sie gelernt, mit ihrer Angst zu leben und es gelang ihr mal mehr und mal weniger gut. Fakt war aber: Felicia wollte ein normales Leben führen und nirgendwo eingesperrt sein. Der heutige Tag im Krankenhaus hatte ihr gezeigt, wie sehr sie diese Normalität vermisste. Obwohl sie natürlich auch zugeben musste, nach der Arbeit in Dereks starke Arme zu sinken, hatte durchaus auch etwas Gutes. Aber würde er mit ihr eine richtige Partnerschaft eingehen, wenn der Fall irgendwann gelöst war? Vielleicht war sie ja auch wirklich nur ein Job für ihn und er verband das Schöne mit dem Nützlichen.

Dieser Gedanke stimmte Felicia traurig, denn sie war gerade dabei, sich wirklich in Derek zu verlieben. Diese Erkenntnis traf sie fast noch härter. War ihr Leben nicht schon kompliziert genug, musste sie jetzt auch noch gefühlsduselig werden?

„Miss Sun! Haben Sie einen Moment für mich? Hier müsste ein Verband gewechselt werden."

Verdutzt schaute Felicia den Arzt an. Sie war so in ihre Gedanken versunken gewesen, dass sie ihn gar nicht bemerkt hatte.

„Ist alles in Ordnung bei Ihnen, Miss Sun?"

Argwöhnisch beäugte sie der Mann im weißen Kittel.

Schnell sammelte sich Felicia und bejahte kopfnickend.

„Ja, alles gut! Bitte, was soll ich tun?"

„Diese Patientin braucht einen neuen Verband."

Gütig lächelte sie der Arzt an.

"Dr. Jonfar" las sie auf seinem Namensschild. Kurz überlegte Felicia, doch sein Gesicht kam ihr völlig unbekannt vor. Sicher war er neu hier im Krankenhaus. Doch wieso kannte er ihren Namen?

„Ja, natürlich Dr. Jonfar! Ich komme!"

Felicia eilte zu dem kleinen Behandlungsraum, wo ein junges Mädchen schon auf einer Liege auf sie wartete.

„Hi, ich bin Felicia Sun! Du brauchst einen Verbandswechsel?"

Schüchtern nickte ihr das Mädchen zu, bevor sie ihren Ärmel umständlich nach oben zog und einen zerfledderten Verband am Oberarm zum Vorschein brachte.

„Am besten geht das, wenn du dein Shirt ausziehst."

„Okay."

Die Stimme des Mädchens klang leise, beinahe weinerlich. Fast so, als ob es ihr peinlich war, sich vor Felicia auszuziehen.

Gewissenhaft suchte Felicia alles zusammen, was sie für einen Verbandswechsel benötigte.

Als sie sich wieder zu dem, nun entkleideten, Mädchen umdrehte, konnte sie nur im letzten Moment einen spitzen Schrei unterdrücken.

„Oh, mein Gott! Wer hat dir das angetan?"

Ehrfürchtig betrachtete Felicia den geschundenen Körper der jungen hübschen Frau.

„Mein Stiefvater."

Sachlicher hätte ihre Antwort nicht sein können. "Mein Stiefvater" – als ob es normal war, dass ein Stiefvater so etwas tat.

„Du musst ihn anzeigen!"

„Nein, Gott hat sich ihm angenommen!"

„Wie meinst du das?"

„Er hat im Rausch meine Mutter erschlagen und sich dann mit einer Überdosis selbst hingerichtet."

„Oh, das ist ja furchtbar!"

„Finden Sie? Ich fühle das nicht so!"

„Verständlich! Aber so einer landet sicher in der Hölle und nicht bei Gott."

Kopfschüttelnd betrachtete Felicia die Narben und Verbrennungen und konnte dabei nur erahnen, was dieses Mädchen sicher schon alles durchmachen musste. Plötzlich kamen ihr ihre Probleme klein und nichtig vor.

Zaghaft löste Felicia den schmutzigen Verband. Die Wunde, ein nicht allzu tiefer Schnitt, sah leicht entzündet aus.

„Was ist passiert?"

„Ein rostiger Nagel."

Gleichgültig zuckte die junge Frau mit ihren Schultern.

Gewissenhaft reinigte Felicia zuerst die Wunde, bevor sie den Arm der Frau wieder verband.

„Sie sind sehr hübsch!"

Erstaunt blickte Felicia das Mädchen an.

„Danke!"

„Ich muss nun gehen!"

Schnell sprang das Mädchen von der Untersuchungsliege und wollte davoneilen.

„Warte, der Patientenbogen muss noch ausgefüllt werden!"

„Aber das hat doch schon der Doktor getan!"

„Wirklich?"

Irritiert schaute Felicia ihr Gegenüber an, das eifrig nickte.

Normalerweise beschäftigten sich die Ärzte eher nicht mit dem Papierkram. Aber vielleicht hatte es ja der Arzt auch getan, weil er neu war und es nicht besser wusste. Felicia konnte sich keinen Reim darauf machen, doch überkam sie mit einem Mal ein sehr seltsames Gefühl.

„Okay, ich schau gleich mal, dass auch wirklich alles eingetragen wurde. Bitte warte hier!"

Mit diesen Worten erhob sich Felicia.

„Wie heißt du eigentlich?"

„Marleen! Marleen Miedo!"


„Und dann war sie einfach weg?"

Ungläubig schaute Claire Felicia an.

„Ja, wenn ich es dir doch sage, Claire! Ich bin raus, um die Akte zu holen, aber niemand in der ganzen Notaufnahme konnte sich an dieses Mädchen erinnern. Tja, und als ich zurück ins Behandlungszimmer kam, war sie weg."

„Hmmm, naja, vielleicht wollte sie sich vor der Rechnung drücken. Doch was ich nicht verstehe, ist die Sache mit dem Arzt!"

„Dr. Jonfar?"

„Ja, es gibt keinen Arzt mit diesem Namen im *Lenox Hill Hospital*."

„Bist du dir sicher? Vielleicht ist er ganz neu!?"

Mitleidig schüttelte Claire ihren Kopf. Was hatte das alles nur zu bedeuten?

„Vielleicht hast du dich ja auch verlesen oder dir einen falschen Namen gemerkt. Im Eifer des Gefechts kann so etwas schnell mal passieren."

Aufmunternd drückte Claire ihre Hand, die eiskalt war.

„Ja, vielleicht! Seltsam ist es trotzdem! Wie im Fernsehen."

Schweigend saßen sich die Freundinnen nun gegenüber und grübelten jede für sich in ihrer eigenen Gedankenwelt.

Felicia war regelrecht übel. Ob ihr Stalker etwas damit zu tun hatte?

Lächelnd schüttelte sie ihren Kopf. Das war doch lächerlich! Sicherlich gab es einen guten Grund, warum Marleen verschwunden war. Vielleicht wirklich wegen Geld. Das Mädchen hatte offensichtlich schon genug durchmachen müssen, deshalb beschloss Felicia für sich, niemandem weiter von dem Vorfall heute im Krankenhaus zu erzählen. Und was den Arzt betraf, hatte Claire sicherlich recht, dass sie sich mit dem Namen wirklich nur vertan hatte.

„So, genug über die Arbeit geredet! Wie war dein Silvesterfest?"

Übertrieben fröhlich holte Felicia nun auch Claire aus ihren Gedanken.

„Ach, eher ruhig! Jayden war für ein paar Tage zu Hause. Weißt du, es war fast wie früher. Wir haben geredet und viel gelacht. Haben uns Pizza bestellt und uns alte Filme im Fernsehen angeschaut."

Claires Blick wirkte nostalgisch und ihre Stimme klang warm und liebevoll, während sie in ihrer Erinnerung schwelgte.

„Wie früher?"

„Ja, bevor er sich zurückgezogen hat und so verschlossen geworden ist."

„Das freut mich sehr für dich, Claire!"

Verstehend nickte Felicia ihrer Freundin zu.

„Und bei dir? Erzähle mir von deinem sexy Agent!"

Provozierend zwinkerte Claire Felicia zu.

„Ach, da gibt es nichts zu erzählen!"

Felicia machte mit ihrer Hand eine wegwerfende Geste und war deutlich bemüht, ihre Stimme neutral klingen zu lassen, obwohl allein der Gedanke an Derek Millionen Schmetterlinge in ihrem Bauch flattern ließ.

„Sollst du mich belügen, Kindchen? Ich sehe es dir doch an der Nasenspitze an, dass da mehr ist! Und verschone mich bloß nicht mit den schmutzigen Details!"

Reflexartig griff sich Felicia an die Nase und musste dann laut losprusten vor Lachen. Natürlich konnte sie ihrer Freundin nichts vormachen.

„Also gut, sagen wir es mal so: Derek und ich sind uns nähergekommen."

„Nähergekommen? Du meinst, ihr habt euch geküsst?"

„Ja, das auch und etwas mehr noch!"

Diesmal zwinkerte Felicia ihrer Freundin kokett zu und lehnte sich dann zufrieden zurück, als sie den verblüfften Gesichtsausdruck von Claire bemerkte.

„Wow! Felicia, ich weiß gar nicht, was ich dazu sagen soll! Seid ihr jetzt richtig zusammen?"

„Der erste Schritt in diese Richtung ist getan, würde ich sagen. Alles Weitere muss man abwarten. Fakt ist nur: Mich hat es echt erwischt!"

Dieses Bekenntnis ließ Felicia erröten.

Freudestrahlend zog Claire Felicia in ihre Arme.

„Ich wünsche dir so sehr, dass du endlich glücklich wirst!"

Claires geflüsterten Worte waren wie Balsam für Felicia. Alle Sorge fiel in diesem Moment von Felicia ab. Vergessen waren Marleen, der ominöse Doktor und sogar ihr Stalker. In diesem Moment zählte für Felicia nur die Nähe ihrer Freundin und das Gefühl, wie sehr sie diese Frau liebte und ihr vertraute.

# Kapitel 34
## ???

Stolz blickte er Marleen entgegen, als er sie und Franjo auf seinen Wagen zugelaufen kommen sah.

Das hatten die beiden wirklich großartig gemacht. Und die Idee von Franjo, sich als Arzt auszugeben und somit den Weg für Marleen zu ebnen, war wirklich grandios gewesen.

„Sind die Tonaufnahmen für Sie zufriedenstellend, Sir?"

Der Blick von Marleen war angsterfüllt.

Liebevoll tätschelte er ihre Wange und lächelte sie dabei an. Er wusste, dass er nichts zu ihr sagen musste, sein Blick reichte völlig.

Auf dem Heimweg sagte niemand ein Wort. Ihm war egal, was Franjo oder Marleen gerade dachten. Er selbst plante in seinem Kopf die nächsten Schritte. Als erstes musste er am Computer die Stimmen auswerten. Die Stimme seiner Göttin hatte er ja dank Marleen nun. Nur bei wem sollte er die Operation üben? Er war bescheiden genug, um zu wissen, dass es ihm nicht beim ersten Mal gelingen würde. Zwar war er geschickt mit dem Skalpell, doch das, was er nun vorhatte, war für ihn Neuland. Ein falscher Schnitt und alles war ruiniert.

„Gibt es noch eine Hure, die dich geärgert hat?"

Fest sah er Marleen an, die augenblicklich zusammenzuckte.

„Ist alles in Ordnung?"

Argwöhnisch musterte er das Mädchen. Bekam sie plötzlich doch Gewissensbisse?

„Es ist alles in Ordnung, Sir! Manchmal kommt es mir nur einfach vor wie in einem Traum. Und ich habe Angst aufzuwachen. Ich bin Ihnen sehr dankbar, dass Sie mich gerettet haben, Sir!"

Ihr Bekenntnis schmeichelte seinem Ego und er nickte ihr zu.

„Und gibt es noch eine?"

„Nein, Sir, nur Trixi war gemein zu mir."

Angestrengt überlegte er, dann hielt er am Straßenrand an.

„Nach hinten mit euch und keinen Mucks! Franjo, du weißt Bescheid?"

Eifrig nickte dieser und drückte dabei Marleen in den Fußraum vor der Rückbank.

Gut, dann würde er eben selbst eine Frau auswählen. Langsam startete er seinen Wagen und fuhr dann in die Straße, wo er einst Marleen entdeckt hatte.

Wie damals auch, zählte er in Gedanken ab: „Ene, mene muh und raus bist du!"

Kurz betrachtete er die Frau, bei der der Abzählreim endete und zählte noch einmal von neuem ab. Diesmal heftete sich sein Blick auf eine Neger-Hure mit langen schwarzen Rastazöpfen und einem durchaus einladenden großen Hinterteil und üppigen Brüsten. Auf der Stelle wurde seine Hose enger.

Die Entscheidung war also gefallen!

Langsam hielt er vor der Frau an und ließ sein Fenster runter.

„Hey Süßer! Wie wäre es denn mit uns beiden?"

Erleichtert nickte er der Nutte zu. Kein Akzent – sehr gut!

„Da hinten ist ein Motel, da habe ich ein Zimmer!"

168

Stur starrte er auf die Straße und ignorierte die Worte seiner Beifahrerin.

„Hey, hast du nicht gehört?"

Genervt atmete er laut aus und verrollte dabei die Augen. Warum wurden Weiber eigentlich immer gleich so hysterisch?

Wie aufs Stichwort langte Franjo just in diesem Moment nach vorne und umschloss den Mund der Nutte mit einem in Chloroform getränkten Tuch. Augenblicklich verstummte die Frau. Geschickt hievte Franjo die Bewusstlose nach hinten und fesselte sie dann behände. Nachdem er ihr das Schlafmittel gespritzt hatte, kletterte Franjo auf den Beifahrersitz.

„Herr, wir müssen das Auto verschwinden lassen. Wir waren zu oft damit hier."

Franjos Stimme klang sachlich und doch wusste er, dass Franjo recht mit dem hatte, was er sagte. Deshalb nickte er.

Ruhig betrachtete er die schwarze, gefesselte Frau. Noch war sie nicht aus der Betäubung erwacht, aber das würde sich sicher bald ändern.

Interessiert studierte er ihren nackten Körper. Ihre Brustwarzenhöfe waren um einiges dunkler als der Rest ihrer Haut und ihr Mund bediente das ganze Klischee von dicken vollen Lippen. Sie war jung, höchstens zwanzig Jahre alt, aber die Vernarbungen an ihren Armen deuteten auf eine lange Drogensucht hin. Instinktiv wusste er, dass, auch wenn der HIV-Schnelltest negativ ausgefallen war, er oder Franjo diese Hure nicht ungeschützt ficken würde. Jedoch bezweifelte er, dass er überhaupt diese Frau vögeln wollte. Zwar ließ ihr Körper ihn nicht völlig kalt, aber diese dunkle Haut wirkte unnatürlich auf ihn und turnte ihn somit ab. Bei Franjo hingegen war er sich allerdings sicher, dass es ihm egal war, was, beziehungsweise wen, er fickte, deshalb musste er ihn schützen.

Eine Regung der Schwarzen holte ihn aus seinen Gedanken. Jetzt war es also bald soweit.

Ohne jede Eile suchte er alle Instrumente zusammen, die er für sein Vorhaben benötigen würde.

„Wo bin ich? Hey, was soll das?"

Die Stimme der Frau war verzerrt vor Angst. Er wusste, er musste sie beruhigen, sonst würde sein Plan niemals aufgehen.

„Pst, es geschieht dir nichts, wenn du schön brav bist!"

Zärtlich strich er ihr übers Haar und flüsterte sanft auf sie ein.

„Soll ich dir die Augenbinde abnehmen?"

Zaghaft nahm er ihr Nicken wahr.

Noch einmal streichelte er sie, diesmal über ihre Wange, bevor er die Augenmaske von ihrem Kopf zog. Die Pupillen der Frau waren stark vergrößert. Bestimmt stand sie noch immer unter Drogen.

„Pass auf, es ist ganz einfach! Wenn du brav tust, was ich dir sage, werde ich dir nicht weh tun. Und wenn ich mit dir fertig bin, verspreche ich dir den Trip deines Lebens. Verstanden?

Gierig nickte die Frau. Er war sich sicher, sie hatte nur das Wort "Trip" registriert in ihrem Junkie-Hirn. Aber das sollte ihm nur recht sein.

„Gut! Dann sprich mir jetzt nach: 'Hi, ich bin Felicia Sun!'"

„Hi, ich bin Felicia Sun!"

Großer Gott, die Stimme der Hure klang viel zu kratzig. Rasch hielt er ihr einen Becher Wasser mit einem Trinkröhrchen hin, an dem sie zaghaft saugte. Dann versuchte sie es noch einmal: „Hi, ich bin Felicia Sun!"

Diesmal klang es schon besser. Ja, mit dieser Aufnahme konnte er etwas anfangen.

Eilig verließ er nun den Kellerraum und kümmerte sich nicht mehr um die Rufe der wehrlosen Frau. Sollte sie doch schreien. Ihr konnte sowieso niemand helfen.

Gewissenhaft fügte er seine Stimmproben in das Computerprogramm ein. Natürlich war die Stimmfrequenz seiner Göttin eine andere als die der Hure, aber das hatte er ja auch schon vorher gewusst.

Gedankenverloren skizzierte er den Operationsbereich auf einem weißen Blatt Papier und markierte, wo genau er vorhatte zu schneiden. Ein leises Klopfen holte ihn aus seinen Gedanken. Grimmig blickte er Franjo an, der augenblicklich zusammenzuckte.

„Herr, ich habe noch eine Stimmaufnahme für Sie!"

Stolz und trotzdem eingeschüchtert überreichte Franjo ihm einen USB-Stick.

„Hi, ich bin Felicia Sun!"

Die Stimme klang heller als die von seiner Göttin. Die Stimme der schwarzen Hure war dunkler als die seiner Göttin.

Erstaunt blickte er Franjo an.

„Wo hast du die her?"

„Von der blonden Hure, Herr."

„Und die hat das freiwillig gesagt?"

Eigentlich war es ihm egal, ob sie es freiwillig getan hatte oder nicht, doch er war wirklich beeindruckt von Franjos Genialität in den letzten Tagen.

„Nein, Herr! Ich habe ihr vier Finger gebrochen und einen abgehackt, bis sie kooperiert hatte."

Gleichgültig zuckte Franjo mit seinen Schultern.

„Du überlässt mir freiwillig dein Fickfleisch?"

Die Überraschung war ihm nun deutlich anzusehen.

„Ja, Herr! Es ist doch nur für eine Operation. Ehrlich gesagt hätte ich sowieso gerne eine neue Schlampe. Mit der bin ich durch, habe sie satt, Herr!"

Wissend nickte er Franjo zu.

„Also gut! Wenn ich mit den Versuchen fertig bin, gehen wir dir ein neues Mädchen holen."

Ohne ein weiteres Wort widmete er sich nun wieder seiner Zeichnung. Es war alles dazu gesagt.

# Kapitel 35
## *Charly*

*W*as war bloß los mit der Menschheit? Jeden Tag wurden neue Fälle im Präsidium gemeldet: Häusliche Gewalt mit und ohne Todesfolge, Vergewaltigungen, verschwundene Nutten und vermisste Personen, Morde, Körperverletzungen und so weiter und so fort. Es war schlimm! Hatte denn niemand den guten Vorsatz fürs neue Jahr, ein gewaltfreies Leben zu führen? Natürlich gab es schon immer Verbrechen, aber in der letzten Zeit häufte es sich enorm. Oder empfand er es womöglich nur so?

Grübelnd stützte Charly McBlance seinen Kopf auf seine Handflächen. Eigentlich müsste er doch im siebten Himmel schweben, wo ihm seine Frau gerade erst vor wenigen Stunden die frohe Botschaft überbracht hatte, dass nun auch er endlich Vater werden würde. Doch stattdessen wog er in Gedanken ab, ob es nicht zu egoistisch war, in solch einer gewalttätigen Zeit neues Leben in die Welt zu setzen. Vielleicht war das alles ein Riesenfehler.

„Hey, Arschloch! Hörst du mir überhaupt zu? Drei von uns sind verschwunden. Aber scheinbar interessiert sich hier ja niemand dafür! Sind ja auch nur drei Nutten. Wären es aber drei weiße Schickimicki-Muttis wäre hier die Kacke so richtig am Dampfen!"

„Pah, Judy, komm, vergiss es! Es ist doch zwecklos!"

Das schrille Geschrei von zwei Frauen holte Charly aus seinen Gedanken. Nicht mal hier auf dem Revier hatte er seine Ruhe.

Anteilnahmslos richtete sich Charly auf.

„Der da! Der könnte es gewesen sein!"

Verwirrt blickte Charly die Frau im knappen pinken Kleidchen an, die wie wild mit dem Finger auf ihn zeigte.

„Ich?"

„Ja, genau, er sieht so aus! Nur das schwarze Basecap fehlt."

Heftig nickte nun auch die andere Frau, wobei ihre braunen Locken munter auf und ab wippten.

„Ich sehe aus wie wer?"

Mit weit aufgerissen Augen schaute Charly von der einen Frau zur anderen.

„Na, wie der Freier, der unsere drei Schwestern entführt hat!"

Wild redeten die Frauen nun durcheinander, wobei sich ihre Stimmen förmlich überschlugen.

„Hä?"

Charly verstand nur noch Bahnhof.

Hilfesuchend blickte er sich um. War er hier bei *Versteckte Kamera* gelandet oder welcher Film lief hier gerade ab.

„Ladys, nun beruhigen wir uns alle erstmal!"

Mit einer besänftigen Handbewegung trat Charlys Kollege Ken Rich neben ihn.

„Ihm fehlt also ein Basecap? Vielleicht auch noch ein Bart, ein Tattoo, eine Narbe?"

Augenblicklich herrschte Ruhe und die zwei Frauen schauten sich irritiert an.

„Keine Ahnung! Er fuhr einen dunklen Kastenwagen."

„Einen dunklen Kastenwagen?"

Eifrig nickten die beiden Nutten synchron.

„Nummernschild? Model?

„Keine Ahnung!"

„Darauf haben wir nicht geachtet! Wir konnten ja nicht ahnen, dass wir Zeugen eines Verbrechens werden!"

„Bestimmt war das der Gestörte aus den Nachrichten!"

„Ja, genau! Im Zeichen des Bösen! Garantiert!"

„Wie kommen Sie darauf?"

Barsch unterbrach Charly die Nutten, die sich immer mehr in Rage redeten. Sein Interesse war nun doch geweckt.

„Na, Trixi ist blond!"

Schulterzuckend schaute die Frau im rosa Fummel ihn an.

Schwer atmete Charly aus, denn er war sich sicher, dass dieser Fall nichts mit dem Serienmörder zu tun hatte, den sie nun schon seit Wochen jagten. Trotzdem heuchelte er den Frauen Aufmerksamkeit vor.

„Und Ihre anderen beiden Schwestern sind auch Blondinen?"

„Aber nein! Naomi ist Negerin mit langen schwarzen Rastazöpfen und Marleen hat braunes Haar."

„Dann bin ich mir sicher, dass hier ein anderer Fall vorliegt! Sind Sie sicher, dass die drei Vermissten wirklich entführt wurden?"

„Ja! Sie sind alle drei nicht mehr zurückgekommen, nachdem sie in dem Kastenwagen eingestiegen waren!"

„Vielleicht sind sie mit einem Freier durchgebrannt oder stehen seit neusten an einer anderen Straße?"

„Sie kapieren es nicht, oder? Keiner wechselt unauffällig das Gebiet oder haut jemals einfach so ab! Gerade jetzt, wo keiner genau weiß, wer unseren Schutz übernimmt, weil doch Franko tot ist."

„Franko, war Ihr Zuhälter?"

„Unser Beschützer!"

Trotzig stampfte die Brünette mit ihrem Bein auf.

„Okay, okay, noch einmal ganz langsam von Anfang an: Sie vermissen drei von Ihren Kolleginnen, Trixi, Marleen und Naomi. Alle drei sind zu einem Freier mit Basecap in einen dunklen Kastenwagen gestiegen und sind seitdem verschwunden. Ist das soweit richtig?"

Stumm nickten beide Frauen Charly zu.

„Und der Typ sah aus wie ich mit Basecap oder eher wie mein Kollege?"

Prompt richteten sich die Blicke der Frauen auf Ken Rich, der nun ein schwarzes Basecap trug.

„Ja, okay, der könnte es auch sein."

„Das dachte ich mir! Und da wir beide keinen dunklen Kastenwagen besitzen, nehme ich mal an, dass jemand anderes Ihre Kolleginnen mitgenommen hat."

Zufrieden lehnte sich Charly zurück. Wenn doch nur alles immer so einfach wäre. Obwohl, einfach war hier gar nichts. Okay, er konnte aufzeigen, dass er mit dem Verschwinden der drei Nutten nichts zu tun hatte, doch das war auch schon alles! Er hatte weder eine Ahnung, wer die Prostituierten verschleppt hatte, wenn sie überhaupt gekidnappt worden waren, noch kam er in seinem anderen Fall wirklich weiter. Es war zum aus der Haut fahren!

„Ken, nimmst du die Daten der Ladys auf? Ich werde für heute Schluss machen."

Mit diesen Worten erhob sich Charly von seinem Sitz, grüßte alle Anwesenden noch einmal zum Abschied stumm und verließ dann eilig das Polizeipräsidium.

# Kapitel 36
## *Franjo*

So aufgebracht hatte Franjo ihn noch nie erlebt. Klar, war sein Meister auch schon sauer auf ihn gewesen, aber dann auch immer zurecht. Doch diesmal war es anders. Niemand hatte Schuld, und schon gar nicht sein Meister! Ja, okay, die Operationen an den Huren waren beide missglückt, aber so etwas passierte nun mal.

Mitleidig dachte Franjo an seinen Meister, wie wütend dieser auf sich selbst gewesen war, als er feststellte, dass die schwarze Nutte nun stumm war und die blonde Hure nur noch kratzig flüstern konnte. Vielleicht würde sich ja nach ein paar Tagen ein anderes Ergebnis zeigen?

Franjo wusste es nicht.

„Herr, was soll nun mit den beiden passieren?"

Unsicher schaute Franjo zu Boden, als sein Meister an ihm vorbeilief. Drei Wochen hatte er nun ruhig abgewartet und sogar gehofft, dass sich doch noch ein Operationserfolg einstellen würde. Nicht für sich, sondern einzig für seinen Meister, damit dieser wieder glücklich war. Doch die schwarze Hure blieb stumm und die blonde krächzte schlimmer als zuvor.

„Das ist mir egal! Die zwei sind wertlos für mich! Du kannst sie also beide haben! Du weißt, was ich von dir erwarte?"

Die Stimme des Meisters klang neutral und doch konnte Franjo den traurigen Unterton deutlich erkennen.

„Ja, Herr, natürlich! Ich werde Sie nicht enttäuschen!"

„Nur noch eins!"

Augenblicklich zuckte Franjo zusammen, als sich sein Meister noch einmal blitzschnell zu ihm umdrehte und mit dem Finger auf ihn zeigte.

„Wenn du die Negerin fickst, dann nur mit Kondom! Und achte darauf, dass sie nicht blutet! Bei so einer Junkie-Hure weiß man nie, welche Krankheiten die mit sich schleppt."

Mit diesen Worten ließ der Meister ihn allein.

Angestrengt überlegte Franjo, was er nun tun sollte. Klar, würde er sich nochmal von beiden seine Befriedigung holen. Doch was dann? Sollte er sie schnell oder langsam töten, grausam verstümmeln oder doch lieber schmerzlos? Er könnte ja die eine so und die andere so hinrichten. Ja, dieser Gedanke gefiel ihm gut!

Langsam schritt er zu dem Verlies, in dem Trixi angekettet lag. Mit ihr würde er beginnen, beschloss Franjo spontan und betrachtete die wehrlose Frau, deren blondes Haar unordentlich und glanzlos zu allen Seiten abstand. Ihr schmutziges, verdrecktes Aussehen turnte Franjo an.

Fast zärtlich fuhr Franjo mit seinen Fingerspitzen über ihren nackten Körper. Er fühlte die Wärme, die ihm dabei entgegentrat. Sicher hatte diese Frau Fieber.

Kraftlos billigte Trixi sein Tun, scheinbar fehlte ihr jegliche Energie zur Gegenwehr.

Träge öffnete Franjo die Fesseln. Weiber, die sich wehrten, waren ihm lieber. Aber was nicht war, konnte ja noch werden und waren sie erst einmal im Folterkeller, würde sie schon aufgebehren oder wenigstens um ihr Leben winseln.

Ohne jede Eile brachte er die anteilnahmslose Frau in den Kellerraum mit den Foltergeräten. Zuerst würde er sie auf die Streckbank spannen.

Allein der Gedanke, an das Geräusch von Gelenken, die ausgekugelt wurden, ließ sein Glied in der Hose anspannen.

Oh ja, diese Idee gefiel ihm sonderlich gut!

Grob lud er Trixi auf der Streckbank ab und fesselte die Frau, die sich nun doch versuchte zur Wehr zu setzen.

Fies grinste Franjo, als er die Winde drehte, um die Gliedmaßen der Frau unangenehm auseinanderzureißen. Franjo bedauerte es zutiefst, dass Trixi nicht mehr richtig schreien konnte. Trotzdem ergötzte er sich an ihrem schmerzverzehrten Gesicht und ihrem kehligen Gurgeln, als er den *Gespickten Hasen* über ihre Haut führte und damit ihre blasse Haut zum Aufplatzen brachte.

Blut tropfte auf den steinigen Boden. Franjo trat ein paar Schritte zurück und genoss den Anblick, der sich ihm bot, in vollen Zügen.

Tief atmete er ein und wieder aus. Hier im Keller gab es so viele Möglichkeiten.

Das Kopfkino lief bei Franjo auf Hochtouren, was seine Erektion immer mehr anschwellen ließ. Was er brauchte, war erstmal Druckabbau, das war ihm klar, deshalb band er die zitternde Frau los und stellte sie an den Pranger, um sich an ihr auszutoben.

„Franjo?"

Augenblicklich zuckte Franjo zusammen, als er die raue Stimme seines Meisters vernahm.

„Ich bin hier, Herr!"

Eilig zog sich Franjo von der Frau am Pranger zurück und drückte seinen direkt erschlafften Penis schnell zurück in seine Hose.

Er wusste selbst nicht, warum er sich plötzlich so schuldig fühlte. Sein Meister hatte ihm doch die Erlaubnis gegeben, die zwei Huren zu ficken. Oder etwa doch nicht?

„Bist du noch nicht fertig mit denen?"

Kritisch musterte der Meister ihn.

„Nein, Sir, ich wollte das hier genießen und…"

Eine einzige Handbewegung reichte, damit Franjo verstummte.

„Dann genieße schneller! Ich gebe dir eine Stunde. Sind sie bis dahin nicht tot, werde ich das für dich übernehmen. Verstanden?"

Der barsche Ton seines Meisters ließ Franjos Blut in den Adern gefrieren, deshalb nickte dieser eifrig.

Zufrieden blinzelte ihm sein Herr nochmal zu, bevor sich die Kellertür geräuschvoll wieder hinter ihm schloss. Erst jetzt wagte Franjo wieder, normal zu atmen.

Er hatte eine Stunde, um die Huren zu töten. Nein, er würde ganz sicher seinen Meister nicht enttäuschen indem er versagte!

Entschlossen öffnete er den Pranger und schubste Trixi unsanft zu Boden. Er schlug und trat so lange auf die geschwächte Frau ein, bis diese heulend vor ihm lag. Blitzschnell fesselte er die Hände der Blondine hinter ihrem Rücken und legte ihr dann einen Strick um den Hals, um sie mit diesem über eine Seilwinde, die an der Kellerdecke befestigt war, auf die Beine zu ziehen. Er stoppte erst, als Trixi nur noch wackelig auf ihren Zehenspitzen stand.

Boshaft grinste er die Frau an, die verzweifelt versuchte, still auf ihren Zehen zu stehen, und gönnte sich selbst für einen längeren Augenblick diesen erregenden Anblick. Dann zog er mit einem schnellen Ruck die Frau in die Luft. Ihr Röcheln schallte erstickt durch den Kellerraum. Wie lange ihr Kampf wohl dauern würde? Innerlich fluchte Franjo, dass er ihr dabei nicht zusehen konnte, aber sein Meister hatte ihm klar und deutlich gesagt, was er von ihm erwartete. Deshalb löste sich Franjo von dem Anblick der hängenden Frau und ging los, um sich die nächste Frau zu holen.

„Steh auf, Fotze!"
Ein diabolisches Lachen entfuhr Franjos Kehle, als er Naomi dabei beobachtete, wie sie verzweifelt versuchte, sich aus ihren Fesseln zu befreien, um seinem Befehl Folge zu leisten.
„Nichts kannst du, du unnützes Ding!"
Hart boxte er der wehrlosen Frau in den Bauch und öffnete dann ihre Fesseln.
Herrisch zog er sie an ihren langen Zöpfen hinter sich her. Naomi hatte Mühe, mit Franjo Schritt zu halten. Immer wieder stürzte sie, was ihre Kopfhaut fies zum Brennen brachte, denn Franjo war erbarmungslos und ließ nicht locker.
Barbarisch schubste er Naomi in die Folterkammer, sodass sie geräuschvoll vor der hängenden Trixi landete, die noch immer wild zappelte und nach Luft japste.
Ängstlich blickte sich die braune Frau um und erstarrte förmlich, als sie den eisigen Blick von Franjo bemerkte.
„Komm her du Schlampe! Hier ist ein Lappen. Wisch das Blut auf, du Miststück!"
Hektisch ergriff Naomi das ihr gereichte Tuch und rubbelte erfolglos über den Steinboden.

Sie so auf allen Vieren vor ihm zu sehen, brachte Franjo fast um den Verstand. Wie in Trance zog er sich die Hose aus und rollte sich ein Kondom über sein steifes Glied, dann drang er hart von hinten in sie ein. Wie im Rausch zog er die Frau an den Haaren ins Hohlkreuz. Seine ganze Wut und sein ganzes Verlangen legte er in diesen Fick und als er aufheulend kam, griff er nach vorne und riss den Kopf seines Opfers so schwungvoll rum, dass ihr Genick lautstark brach.

# Kapitel 37

Stolz beobachtete er Franjo bei seinem Tun.

Diese Entwicklung, die Franjo an den Tag legte, war wirklich phänomenal! Noch vor kurzem hätte er die Schlampen einfach so abgeschlachtet, ohne Emotionen und Gefühle. Doch nun nahm er sich offensichtlich Zeit und agierte mit Bedacht und Einfallsreichtum. Franjo schien sein Handeln endlich zu genießen. Aus Erfahrung wusste er, dass Franjo nun die Chance bekam, schließlich doch noch Erfüllung in seinem tristen Dasein zu bekommen.

Die letzten Jahre waren manchmal wirklich hart gewesen, denn die ständigen Fehltritte von Franjo nervten ihn sehr. Doch seine Geduld, und natürlich seine strenge Hand, zahlten sich endlich aus. Er hatte Franjo geformt! Vielleicht sogar erschaffen...

„Wie sollen wir sie entsorgen?"

Seine Stimme ließ Franjo zusammenzucken.

„Herr, darf wirklich ich entscheiden?"

Ungläubig blickte Franjo ihn an und lächelte glücklich, als er ihm zunickte.

„Ähm... Also, ich traue mich kaum, meinen Wunsch auszusprechen. Erst letzte Nacht habe ich davon geträumt..."

„Spiele nicht mit meiner Geduld!"

Hörbar atmete Franjo aus, scheinbar hin- und hergerissen, was er tun sollte.

„Also gut! Mein Traum ging wie folgt: Ich hatte einen schwarzen Jaguar geknackt und dann die beiden Nutten auf die Rückbank gesetzt. Es gab mir den Kick, mit den Leichen so offen rumzufahren. Am *Central Park* hatte ich dann den Wagen in Brand gesetzt und den Flammen dabei zugeschaut, wie sie all meine Spuren vernichteten."

„Gut, dann soll es so sein! Besorge den Wagen und stell einen anderen in der Nähe vom *Central* Park ab. Dann komm wieder her. Du hast zwei Stunden – ab jetzt!"

Bedeutsam zeigte er auf seine Uhr und zu seiner Zufriedenheit begriff Franjo sofort, dass seine Zeit tickte. Eilig hastete er davon.

Wehmütig blickte er Franjo hinterher. So mussten sich Eltern fühlen, deren Kinder gerade dabei waren, erwachsen und flügge zu werden. Anders konnte er sich sein Befinden nicht erklären. Er hatte Franjo erschaffen und nun wurde dieser eine selbstständige Persönlichkeit. Ob Franjo ihn wohl mal verlassen würde, um ein eigenständiges Leben zu führen? Dieser Gedanke stimmte ihn tatsächlich traurig.

Schnell schob er den Gedanken bei Seite. Auf so eine Gefühlsduseligkeit hatte er einfach keinen Bock.

Lächelnd dachte er an seine Göttin, doch seine Glückseligkeit hielt nicht lange an, denn unweigerlich folgte der nächste negative Gedanke: Was war, wenn Franjo ihn gar nicht bei der Beseitigung der Nutten dabeihaben wollte? Natürlich würde er erhaben tun, Franjo sogar die Möglichkeit aufzeigen. Doch in seinem Innersten wusste er, dass er daran zerbrechen würde.

Bisher hatte er noch nie Franjo als ebenbürtig empfunden, doch plötzlich sah er ihn in einem ganz anderen Licht.

Wütend auf sich selbst ballte er die Fäuste. Er hatte Franjo zwei Stunden gegeben und diese Zeit würde er nun auch nutzen, um auf andere Gedanken zu kommen.

Ohne jede Eile betrachtete er die Monitore, die ihm die Frauen zeigten, die seiner Göttin am ähnlichsten sahen.

Langsam zählte er ab: „Ene, mene muh und raus bist du!", dann lächelte er zufrieden. Projekt 10 war also die Auserwählte.

Geräuschvoll öffnete er die Verliestür, dass die Frau vor Schreck zusammenzuckte, erfreute ihn sehr.

„Komm mit!"

Hastig erhob sich die nackte Frau von ihrer Liege und eilte auf ihn zu. Sie tat, was er wollte. Das gefiel ihm sehr. Wenn sie das heute überleben würde, wäre er sogar bereit, ihr die Freiheit zu schenken.

Sein großzügiger Gedanke ließ ihn schmunzeln, vor allem, weil er wusste, dass er es nie so weit kommen lassen würde. Aber, hey, allein der Gedanke war schon rühmend.

Zielsicher führte er die verängstigte Frau in seinen Folterraum. Merklich zuckte sie zusammen, als er sie an den zwei toten Nutten vorbeiführte.

„Knie dich auf die Steinbank, Hintern nach oben, Hände auf den Rücken!"

Seine Stimme hallte durch die kalten Mauern und ließ keinen Widerspruch zu.

Schade, dass er Franjo nur zwei Stunden Zeit gegeben hatte, so musste er sich nun etwas beeilen. Trotzdem würde er das hier genießen, beschloss er innerlich.

Fast zärtlich trat er hinter sein Opfer und rückte sie in seine gewünschte Position, drückte ihren nackten Oberkörper auf die kalte Steinplatte, bevor er ein Brett holte, um die Frau zu fixieren.

Diese Holzkonstruktion hatte er einst entworfen und in mühevoller Feinarbeit zusammengebaut, doch noch nie hatte er dieses spezielle Brett an jemanden getestet.

Heute war also der Tag X, um zu sehen, ob diese Art von Fesselung möglich war oder doch nur ein Hirngespinst von ihm.

Freudig trat er nun zurück und betrachtete sein Werk. Es sah wirklich fantastisch aus: Die Frau kniete auf der steinernen Bank vor ihm, unfähig sich zu bewegen, weil durch das Brett nicht nur ihre Hände und Füße hinter ihrem Rücken gefesselt waren, sondern auch ihr Hintern, denn dieser steckte in einer weiteren Öffnung in diesem Brett.

Schwer atmend nahm er den Rohrstock aus seiner Halterung an der Wand und ließ diesen ohne Vorwarnung auf die ahnungslose Frau preschen. Schmerzvoll schrie diese auf, doch das kümmerte ihn nicht.

Wütend auf sich und die ganze Welt prügelte er auf sein hilfloses Opfer ein.

Blut strömte aus ihrer aufgeplatzten Haut, er hörte sie jammern, wimmern und schreien, doch er konnte und wollte nicht aufhören, sie zu schlagen. Er war wie in einem Rausch gefangen, der nicht enden wollte.

Doch irgendwann verließ ihm die Kraft und nach Luft japsend ließ er den Rohrstock zu Boden fallen.

Die Frau vor ihm schluchzte leise, sicherlich ahnte sie, dass nun ihr letztes Stündchen geschlagen hatte.

Mit zitternden Händen entfernte er das Brett, das die Frau fixierte.

„Leg dich hin! Und keinen Mucks mehr!"

Artig befolgte die Frau seine Anweisungen, obwohl es ihr merklich schwerfiel, nicht laut aufzuschreien, als ihr geschundener Hintern die Steinbank berührte.

Genervt kettete er ihre Arme und Beine mit massiven Eisenmanschetten an der Steinbank fest. Die Zeit drängte nun wirklich, das ganze hier zu beenden. Er hatte eindeutig die Lust an dieser Frau verloren, denn nicht mal sein Penis reagierte bei ihrem malträtierten Aussehen, dabei hatte er das sonst immer sehr erregend gefunden. Nun ja, ihre Schuld, sie konnte ihm keine Freude mehr spenden, also musste sie nun endgültig weg.

Ruhig verteilte er eine Flüssigkeit auf ihrem nackten Körper und stellte dann Teelichter auf den Beinen, Armen, Bauch, Venushügel, Brüsten, Kinn und Stirn der Frau auf, um diese anschließend anzuzünden.

Stolz betrachtete er sein Werk. Oh, ja, in ihm steckte doch ein romantischer Teil, auch wenn die ganze Szene eher skurril von außen betrachtet erschien.

Blanke Panik stand der gefesselten Frau ins Gesicht geschrieben, denn ihr war klar, dass eine auch nur ganz kleine Bewegung von ihr zu Schmerzen führen würde.

Einen Moment wartete er noch ab, damit sich das Wachs verflüssigen konnte, dann setzte er die erste Stecknadel an und bohrte sie tief in die Haut seines Opfers.

Die Frau schrie verzweifelte auf, doch auch ihr Flehen ließ ihn kalt. Unermüdlich rammte er eine Nadel nach der anderen in ihren Körper. Ab und an schwappte das heiße Wachs über, was zusätzliche Pein für sie brachte.

Dieser Anblick war sehr berauschend für ihn. Wie in Trance stellte er das Kästchen mit den Stecknadeln bei Seite und ergriff eine kleine Sprühdose.

Mit einem diabolischen Auflachen betätigte er den weißen Sprühkopf und trat beim ersten Aufflammen des Körpers einen Schritt zurück.

Laute, verzweifelte Schreie kamen aus der Kehle der brennenden Frau und der unverkennbare Gestank von verbrannter Menschenhaut breitete sich im Nu aus.

Lächelnd beobachtete er, wie sein Opfer schmerzleidend an ihren Fesseln zerrte, bis sie den Kampf verloren hatte.

Bedauernd ergriff er den Feuerlöscher und löschte die letzten Flammen. Vorbei war das Vergnügen, die Realität war schlagartig wieder da: Franjo!

Müde rieb er sich die Augen. Franjo war ihm alles andere als egal. Diese Erkenntnis traf ihn wie ein Schlag, denn das machte ihn verletzlich.

„Herr, ich bin zurück!"

Erschrocken zuckte er aus seinen Gedanken, als die Stimme von Franjo ihn erreichte.

Tief atmete er ein und wieder aus, dann drehte er sich zu Franjo um und bedachte ihn mit einem finsteren Blick.

„Verzeiht, Herr, ich wollte Sie nicht stören. Ich habe mich extra beeilt, weil..."

Mitten im Satz verstummte Franjo und blickte verlegen zu Boden.

„Weil was?"

Seine Stimme schallte furchterregend durch das Kellergewölbe.

„Weil ich... Weil ich Sie stolz machen wollte, Herr!"

Franjos Worte klangen aufrichtig und das berührte ihn zutiefst. Daher lächelte er Franjo besänftigend zu, dem scheinbar ein riesiger Stein in diesem Moment vom Herzen fiel. Sein Lächeln war Lob genug für Franjo.

„Ich setze die beiden dann jetzt auf die Rückbank. Wann fahren wir los, Herr? Draußen dämmert es bereits."

„Ich soll dich begleiten?"

Mit seinem Blick fixierte er Franjo, dabei pochte sein Herz wie wild in seiner Brust. Die Stunde der Wahrheit war nun also gekommen.

Franjo wirkte auf einmal sehr nervös, als hätte er diese Möglichkeit noch gar nicht in Betracht gezogen, trotzdem nickte er.

„Und was ist mit deinem Traum?"

Nun setzte er alles auf eine Karte. Zu verlieren hatte er jetzt nichts mehr.

„Wenn Ihr mitkommt, würdet Ihr meinen Traum perfekt machen, Herr."

Die geflüsterten Worte von Franjo trafen ihn mitten ins Herz.

„Wir fahren, sobald du den Startschuss gibst."

Glücklich grinste Franjo ihn an und schleppte dann die nun wieder bekleideten Frauenleichen nacheinander nach oben zum Wagen.

„Soll die auch mit, Herr?"

„Pack sie in den Kofferraum! Die Schlampe soll dein Traumbild ja nicht zerstören."

„Danke, Herr!"

Tief verbeugte sich Franjo aus Dankbarkeit und bugsierte dann auch die verkohlte Frauenleiche zum Auto.

„Wir können, Herr! Marleen würde auch gern mitkommen."

„Möchtest du denn, dass sie uns begleitet?"

„Ich fände es okay."

„Gut, dann soll es so sein!"

Als er vors Haus trat, saß Marleen bereits zwischen den zwei Frauenleichen. Auszumachen schien es ihr scheinbar nichts, denn sie unterhielt sich lachend mit Franjo, der auf dem Beifahrersitz thronte.

„Du willst nicht selbst fahren?"

„Doch, am Liebsten schon, aber ich würde es anmaßend von mir finden, Ihnen nicht den Vortritt zu überlassen, Herr!"

Belustigt schüttelte er den Kopf.

„Nun rutsch schon rüber!"

Das ließ sich Franjo nicht zweimal sagen und kletterte geschickt über die Mittelkonsole auf den Fahrersitz. Mit zittrigen Händen startete er den Motor. Deutlich sah er Franjo die Freude an.

„Fuck, Herr, die Bullen! Soll ich wenden?"

„Nein, dafür sind wir schon zu nah. Wenn du jetzt drehst, würden wir uns nur verdächtig machen. Fahr langsam weiter und wenn wir angehalten werden, überlässt du das Reden mir! Verstanden?"

Seine Stimme war bedrohlich, sodass sogar Marleen auf der Rückbank zusammenzuckte. Franjo jammerte auf und kämpfte sichtlich mit seinen Tränen. Dieses Verweichlichte hatte sich also nicht geändert. Diese Tatsache war etwas tröstlich für ihn. Und doch ärgerte er sich über sich selbst, dass er diesem Risiko zugestimmt hatte. Nur ändern konnte er es nun auch nicht mehr. Vorsichtig tastete er nach der Waffe in seiner Manteltasche.

„Na, wo soll es denn hingehen so spät am Abend?"

Ohne eine Begrüßung leuchtete der Polizist das Innere des Wagens mit seiner Taschenlampe ab. Als der Lichtkegel auf Marleen traf, winkte diese dem Polizisten zaghaft zu, dabei vermied sie aber den direkten Augenkontakt.

„Nabend, Officer! Wir sind auf dem Weg zu einer Geburtstagsfeier. Sagen Sie, wird schon wieder jemand gesucht oder was ist passiert?"

Seine Stimme klang zuckersüß, obwohl sich ein bitterer Geschmack in seinem Mund ausbreitete.

Krampfhaft umklammerten seine Finger den Revolver. Wenn es sein müsste, würde er eben diesem Idioten das Hirn wegpusten. Bisher kannte nur dieser Schleimbeutel sein Gesicht und tot könnte er ihn schlecht identifizieren. Keine Sekunde würde er zögern, das wusste er, denn er musste schließlich nicht nur sich schützen, sondern auch Franjo und Marleen.

„Nun, Sir, bei allem Respekt, ich glaube nicht, dass es Sie etwas angeht…"

„Oh, mein Gott, Brown! Was machst du da? Bitte verzeihen Sie vielmals, Sir! Officer Brown ist ganz neu beim NYPD und hat Sie deshalb nicht erkannt. Wie geht es der werten Frau Gemahlin?"

„Danke, es ist alles in bester Ordnung bei ihr, solange sie sich nicht aufregt. Gibt es eine neue Spur?"

„Leider nein, Sir! Reine Routinekontrolle. Wir wünschen eine gute Weiterfahrt! Und keine Sorge, Sie hat hier niemand heute Abend gesehen mit so reizenden Ladys."

Lässig zwinkerte der Polizist den Insassen des Wagens zu und entfernte sich dann eilig vom Wagen. Dabei zog er hastig Officer Brown mit sich.

„Sag mal, bist du bescheuert, Brown? Du kannst doch nicht…"

Mehr bekamen sie nicht mehr von dem Gespräch zwischen den Polizisten mit, denn Franjo war bereits weitergefahren.

Zufrieden lehnte er sich zurück, seine kurzzeitige Panik verpuffte schlagartig. Sein Aussehen hatte also doch etwas Gutes.

„Verlief so dein Traum?"

Amüsiert grinste er Franjo an, dem sämtliche Farbe aus dem Gesicht gewichen war.

„Nein, Herr! In meinem Traum gab es keine Polizei."

Unsicher lächelte Franjo ihn an. Sicher überlegte dieser, ob er dafür bestraft werden würde.

„Na los, lass uns die Nutten endlich loswerden und dann ab nach Hause. Das war genug Traumerfüllung für heute."

Wütend wischte Felicia die Tränen von ihrem Gesicht.

Es war ja auch zu schön gewesen, um wahr zu sein, was zwischen ihr und Derek war. Doch die Wahrheit so zu erfahren, war wirklich hart. Noch vor ein paar Stunden hatten Derek und sie sich leidenschaftlich geliebt und nun lag ihre Welt in Trümmern.

Zaghaft nippte sie an ihrem schwarzen Kaffee. Selbst ihr Geschmackssinn war betäubt, sodass sie die fehlende Milch nicht schmeckte.

Felicia fühlte sich verletzt, einsam, verlassen und verraten. Am liebsten hätte sie ihre Freundin Claire angerufen, denn diese hätte sicher einen guten Rat für sie. Doch sie hatte Derek versprechen müssen, im Hintergrund zu bleiben und zu niemanden Kontakt aufzunehmen, so lange er unterwegs war.

Eigentlich hätten da schon alle Alarmglocken bei ihr losgehen müssen, als Derek an einem Sonntag zu einem anderen, natürlich geheimen Fall, gerufen wurde. Doch naiv wie sie war, hatte sie ihm vertraut.

Schluchzend stützte Felicia ihr Gesicht auf die Hände und ließ die letzten Stunden noch einmal Revue passieren:

Sie kam gerade aus der Dusche, als sie die fremde Stimme hörte, die gerade auf den Anrufbeantworter sprach. Zuerst dachte sie, sie hätte sich verhört, die Worte falsch verstanden, aber als sie die Aufnahme noch einmal abspielte, verstand sie alles ganz deutlich: „Derek, ich liebe dich! Baby, komm zu mir zurück! Schatz, ich vermisse dich!" – so ging es in einem Fort. Alleine bei dem Gedanken an den Anrufer wurde Felicia übel. Dass war sicher alles ein riesiges Missverständnis, oder etwa doch nicht? Natürlich war ihr bewusst gewesen, dass Derek schon mehrere Beziehungen oder Liebeleien gehabt hatte, aber zu Männern? Nein, das konnte einfach nicht wahr sein!

Entschlossen sprang Felicia auf. Wenn Derek wirklich schwul war, würde sie sicher hier im Haus Beweise finden. Zwar beschlich sie schon ein schlechtes Gewissen, Derek nachzuspionieren, doch wenn es wirklich der Wahrheit entsprach, hätte er es ihr doch sagen müssen. Sie hatte doch ein Recht darauf, so etwas zu erfahren!

Das Wohnzimmer und die Küche waren schnell durchsucht. Hier gab es kaum persönliche Gegenstände, was auch verständlich war, wenn dies hier der geheimer Rückzugsort des FBIs war.

Unsicher drückte sie die Klinke zu Dereks Zimmer runter. Noch nie hatte sie dieses Zimmer betreten. Wie als Bestätigung eines Geheimnisses war die Tür verschlossen. Mist!

Kurz überlegte Felicia, was sie nun tun sollte, ob sie überhaupt etwas tun sollte. Aber zu groß war ihre Neugierde nun geworden, um geduldig abzuwarten, bis Derek endlich zurückkam. Deshalb kramte sie den Krankenhausschlüssel aus ihrer Handtasche. Vielleicht passte er ja auch in dieses einfache Schloss. Es sah jedenfalls so aus, wie die im Krankenhaus.

Mit zittrigen Fingern steckte sie den Schlüssel ins Loch und hielt die Luft an, als sie ihn umdrehte. Tatsächlich öffnete sich leise quietschend die Holztür zu Dereks Raum.

Ehrfürchtig blickte sich Felicia um. Auch dieser Raum zeigte kaum etwas persönliches, doch auf dem Nachttischchen entdeckte sie ein gerahmtes Bild von Dereks Familie. Augenblicklich bekam Felicia Gewissensbisse. Innerlich schimpfte sie sogar mit sich selbst, doch dann sah sie es! Es thronte verkehrtherum unter dem Familienfoto auf Dereks Nachttischchen. Der Beweis, den sie gesucht hatte und gleichzeitig gehofft hatte, dass es ihn nicht gab.

Wieder schossen ihr Tränen in die Augen, als sie das Foto mit ihren kalten Fingern ergriff. Es zeigte Derek küssend in eindeutiger Pose mit einem anderen Mann, der genauso attraktiv und durchtrainiert wie Derek wirkte.

Wie in Trance ließ Felicia das Bild aufs Bett gleiten und ging dann in ihr Zimmer.

Hastig schmiss sie achtlos ein Kleidungsstück nach dem anderen in ihren Koffer. Hier wollte sie auf gar keinen Fall länger bleiben! Sie musste schleunigst hier weg und Felicia war es egal, dass draußen ein Verrückter auf sie wartete. Sie war das alles hier so leid, die ganzen Lügen, Dereks Gehabe, einfach alles. Nun auf einmal war ihr auch klar, warum sie so herzlich in seiner Familie aufgenommen worden war. Nein, nicht ein Lügenmärchen wollte sie mehr von Derek hören – Nie wieder!

Schüchtern drückte Felicia auf den Klingelknopf und lauschte mit angehaltenem Atem. Als sie das letzte Mal in diesem Haus gewesen war, hatte der Stalker sie gefunden, aber sie wusste einfach nicht, wohin sie sonst sollte. Zu sich nach Hause zu gehen, kam ihr als die schlechteste Option vor, doch wenn diese Tür verschlossen blieb, hatte sie wohl kaum eine andere Wahl, oder?

Gedanklich plante Felicia ihr weiteres Tun und hätte am liebsten laut los geschrien vor Verzweiflung.

„Felicia? Oh, mein Gott, was machst du hier? Wo ist Agent Arsch?"

„Darf ich reinkommen?"

„Meine Mutter ist nicht da."

„Darf ich trotzdem?"

Felicias Stimme glich einem Betteln. So langsam hatte sie doch Angst, sich so öffentlich zu präsentieren.

Mit einem Schulterzucken trat Jayden zur Seite und ließ Felicia somit Einlass ins Haus.

„Magst du was trinken?"

„Ein Kaffee wäre nett! Oder nein, doch lieber einen Tee."

„So, wie du ausschaust, brauchst du eher was Stärkeres! Setz dich, ich bin gleich bei dir."

Mit zitternden Knien betrat Felicia das Wohnzimmer von Claire. Mit den Nerven war sie völlig am Ende. So konnte das doch nicht für immer sein!

„Hier!"

„Was ist das?"

Misstrauisch beäugte Felicia das ihr gebotene Glas.

„Scotch! Trink, dann geht es dir besser!"

Vorsichtig nippte Felicia an der honigbraunen Flüssigkeit und rümpfte die Nase, was Jayden dazu veranlasste, herzhaft zu lachen, während er sich neben sie setzte.

„Schön, dass du dich so gut über mich amüsieren kannst."

Lachend zog Felicia einen Schmollmund und versuchte dabei erfolglos grimmig zu blicken.

„So gefällst du mir schon viel besser!"

Zärtlich strich Jayden ihr eine lose Haarsträhne hinters Ohr.

„Also, was machst du hier?"

„Agent Arsch?"

Ohne auf Jaydens Frage einzugehen, musterte sie ihn eindringlich.

„Tja, was soll ich sagen? Ich mag Mr. Arrogant halt nicht."

Schulterzuckend lächelte Jayden sie an, sodass ihr sogleich warm uns Herz wurde.

„Also?"

Jaydens Blick war aufmunternd und besorgt zugleich.

„Nun, sagen wir es mal so: Derek hat mich enttäuscht, deshalb bin ich weg."

„Du bist einfach abgehauen?"

„Und wenn schon."

Felicias Stimme wirkte trotziger als gewollt.

„Und wenn schon? Sag mal, spinnst du? In deiner Situation kannst du doch nicht einfach abhauen! Man wird nach dir suchen und…"

„Falls du Angst hast, wegen mir Schwierigkeiten zu bekommen, dann gehe ich eben wieder."

Augenblicklich füllten sich ihre Augen mit Tränen, ohne, dass sie es wollte, beziehungsweise verhindern konnte.

„Quatsch, darum geht es doch gar nicht!"

Mit einem Ruck zog Jayden Felicia in seine Arme und hielt sie fest umschlungen.

Mit geschlossenen Augen atmete Felicia Jaydens männlichen Duft ein. Direkt fühlte sie sich sicher.

Als Felicia die Augen wieder öffnete, bemerkte sie Jaydens verklärten Blick, in dem Leidenschaft und ein Funkeln lag.

„Du bist so wunderschön, Felicia!"

Liebevoll streichelte Jayden über ihre Wange, ohne den Blick von ihr zu wenden.

Diese Szene stand im direkten Kontrast zu dem, was Jayden an Zeichnungen in seinem Zimmer hatte.

Alles um Felicia begann sich zu drehen. Ihre Gedanken fuhren Achterbahn. Sie fühlte sich sicher hier bei Jayden und doch wusste sie, dass sie nicht bleiben konnte, denn sie war im Moment nicht im Stande, Jaydens deutliche Gefühle für sie zu erwidern. Noch zu tief saß die Enttäuschung über Derek.

Immer näher kamen Jaydens Lippen, sodass Felicia hart schlucken musste. Was sollte sie jetzt nur tun?

Das Klingeln an der Haustür ließ beide zusammenzucken und Jayden lächelte Felicia entschuldigend an, bevor er sich erhob.

„Du bleibst hier!"

Jaydens Tonfall machte Felicia Angst.

„Bitte! Lass mich nicht alleine, Jayden!"

Sie flehte ihn förmlich an.

„Also schön, folge mir! Aber halte dich zurück! Verstanden?"

Zaghaft nickte Felicia. Noch eben hatte sie im Stillen gebetet, dass Gott ihr helfen würde, sich vor Jaydens Kuss zu drücken. Aber dies hier war eindeutig schlimmer! Was hatte sie nur verbrochen, dass Gott sie so strafte?

Kopfschüttelnd folgte Felicia Jayden zur Eingangstür. Es war das erste Mal, dass sie solche Gedanken über ihren Glauben an Gott hatte.

Das erneute Klingeln an der Haustür ließ sie abermals aus ihren Gedanken zucken. Ihre Nerven lagen jetzt endgültig blank.

Mit einem grimmigen Blick schob Jayden sie hinter die Tür, außerhalb des Blickfeldes des Besuchers, bevor er die Tür öffnete.

„Ja?"

„Mr. Blade, ich habe da noch die ein oder andere Frage an Sie! Wenn Sie erlauben, würde ich gerne…"

„Officer McBlance!"

Freudestrahlend trat Felicia hinter der Tür vor und lächelte den Polizisten an.

„Miss Sun? Was machen Sie denn hier? Wo ist Ihr Aufpass-Wauwau?"

Entschuldigend zuckte der Officer mit den Schultern und lachte dabei rau.

„Aufpass-Wauwau? Ernsthaft? Warum haben alle etwas plötzlich gegen Derek?"

Entrüstet baute sich Felicia vor dem Polizisten auf, was sicherlich von außen lächerlich aussah, denn sie reichte ihm gerade mal bis zur Schulter und wirkte dadurch noch zierlicher, als sie es ohnehin schon war.

„Verzeihen Sie, Miss Sun, ich wollte hier niemanden beleidigen. Es ist nur so, dass der Agent und ich gewisse Diskrepanzen haben."

Entschuldigend hob der Polizist beide Arme und setzte sein charmantestes Lächeln auf.

„Naja, was solls. Wahrscheinlich war ich sowieso die einzige, die so geblendet war von ihm."

Wieder schossen Felicia Tränen in die Augen, ohne, dass sie es wollte.

„Na dann, Officer, kommen Sie erstmal rein. Einen Drink?"

„Nur Kaffee für mich, bitte. Ich bin noch im Dienst."

„Wie wird es denn jetzt nur weitergehen?"

Mit rotgeweinten Augen schaute Felicia die Männer an. Es war wirklich schwer für sie gewesen, ihre Entdeckung den beiden zu schildern.

„Ich passe auf dich auf, versprochen!"

Liebevoll knuffte Jayden Felicia in die Seite.

„Bei allem Respekt, aber bei allem, was wir gerade erfahren haben und allem, was wir schon vorher wussten, glaube ich nicht, dass Sie das so einfach können, Mr. Blade!"

Kritisch musterte der Officer Jayden.

„Ja, okay, es wird schwierig, aber…"

„Schwierig? Nein! Es ist gefährlich! Und dabei denke ich eher an die Gefahr für Miss Sun, als an Ihre Sicherheit."

Tief atmete Jayden ein. Die Worte des Polizisten trafen ihn offensichtlich hart, doch gleichzeitig musste er zugeben, dass sein Gegenüber recht hatte, was die Sicherheit und das Beschützen von Felicia betraf.

„Okay, und was nun?"

„Ich schlage vor, Miss Sun, Sie kommen mit mir!"

Mit diesen Worten erhob er sich und blickte Felicia aufmunternd, aber dennoch bestimmend, an. Diese erhob sich seufzend.

„Wohin bringen Sie sie?"

Stöhnend drehte sich der Polizist zu Jayden um.

„Nun, Mr. Blade, ich hoffe Sie verstehen, dass wenn ich Ihnen das verrate, ich Sie leider töten muss."

Kein Lächeln durchzuckte die Mundwinkel des Officers, sodass seine Worte nicht als Witz zu verstehen waren. Augenblicklich zuckte Jayden merklich zusammen.

„Und was ist, wenn Agent Mitchel hier auftaucht?"

Außer sich ballte Jayden die Hände zur Faust. So leicht wollte er sich nicht abwimmeln lassen.

„Umso besser, wenn Sie dann nicht wissen, wo ich Miss Sun hingebracht habe. Oder meine Sie nicht, Mr. Blade? Agent Mitchel spielt offensichtlich nicht mit offenen Karten, also wer weiß schon, wer wirklich hinter diesem Kerl steckt."

Irritiert beäugte Felicia den Officer. Sie wusste nicht genau, was es war, aber irgendwie hatte dieser sich gerade vor ihren Augen verändert. Seine ganze Ausdrucksweise, vor allem Sprache und Mimik, waren anders. Oder spielte womöglich Felicias Fantasie ihr einen Streich? Ja, genau das musste es sein. Sie war ein nervliches Wrack und durch die Enttäuschung, die sie durch Derek erfahren musste, hatte sie ihr Vertrauen verloren. Es war wirklich an der Zeit, nach vorn zu schauen. Irgendwann musste doch der Alptraum mal vorbei sein.

„Hier muss gar niemand getötet werden. Officer McBlance, ich bin bereit. Lassen Sie uns fahren."

„Bist du dir sicher?"

Die Sorge stand Jayden groß ins Gesicht geschrieben, als er sie am Arm festhielt.

„Ja! Ich vertraue Mr. McBlance."

Aufmunternd lächelte Felicia Jayden an, dessen Unmut sie sehen und fühlen konnte.

„Hier ist meine Karte, Mr. Blade. Kommen Sie, Miss Sun! Mein Wagen steht direkt vor der Haustür."

Mit diesen Worten ergriff der Polizist ihren Ellenbogen und zog sie mit sich in Richtung Tür.

Die Alarmglocken in Felicias Kopf läuteten laut auf, doch diese ignorierte sie. Trotzdem entzog sie sich noch einmal dem Griff des Polizisten und umarmte Jayden euphorisch.

Alles in ihr schrie, nicht zu gehen. Trotzdem küsste sie Jayden freundschaftlich zum Abschied auf die Wange und begleitete dann den Officer zu seinem Wagen

„Wow, neues Auto?"

„Ja und nein. Mein altes ist in der Werkstatt und das ist leider nur ein Leihwagen. Mit meinem lumpigen Gehalt könnte ich mir so einen nie leisten."

Entschuldigend zuckte der Polizist mit den Schultern und hielt ihr dann ganz gentlemanlike die Beifahrertür des schwarzen Volvos auf.

Kichernd setzte sich Felicia auf den ihr zugewiesenen Platz. Das beige Leder der Sitze war herrlich weich.

„Können wir, Miss Sun?"

Zaghaft lächelte Felicia den Fahrer des Wagens an.

„Dann schnallen Sie sich bitte an."


„Wann sind wir endlich da?"

„Bald, Miss Sun. Wieso so ungeduldig?"

„Ich könnte schwören, hier sind wir schon einmal vorbeigekommen."

Ohne auf die Frage des Officers einzugehen, blickte sich Felicia nervös um.

„Gut erkannt, Miss Sun! Ich bin absichtlich ein paar Mal im Kreis gefahren, falls uns jemand gefolgt ist."

Verärgert über sich selbst, verrollte Felicia die Augen. Dass sie da nicht von selbst draufgekommen war. Unglaublich! Charly McBlance machte hier einen ausgezeichneten Job und was tat sie? Sie hinterfragte ständig sein Handeln. Das musste augenblicklich aufhören.

Noch einmal atmete Felicia schwer, dann entspannte sie sich in ihrem Sitz.

„Wie geht es eigentlich Ihrer Frau?"

„Gut."

„Das muss doch bestimmt ein tolles Gefühl sein, bald Vater zu werden."

Ruckartig starrte der Officer sie an. Das Entsetzen war ihm deutlich anzusehen. Hatte sie etwa etwas Falsches gesagt?

„Ähm, ich meinte ja nur, ich wollte nicht…"

„Woher wissen Sie das? Aber lassen sie mich raten: Derek Mitchel! Warum kann der nicht einfach das Maul halten?"

Der Mann neben ihr schäumte förmlich vor Wut. So aggressiv hatte sie den Polizisten noch nie erlebt.

„Aber, das ist doch nichts Schlimmes."

Hilflos begann Felicia zu schluchzen.

„Verzeihen Sie, Miss Sun! Das war nicht fair von mir, sie so anzuschreien. Es ist nur, wenn so empfindliche Daten im Umlauf sind, wird man verwundbar. Ich meine, ich weiß, sie freuen sich für mich und würden das niemals gegen mich verwenden. Aber wer weiß, wem er es noch erzählt hat. In meinem Job habe ich Feinde. Und ich möchte doch einfach nicht, dass denen, die mir nahestehen, etwas zustößt. Verstehen Sie das?"

Zaghaft nickte Felicia. Ja, sie verstand die Beweggründe und auch die Sorge des Polizisten. Vor allem, weil sein verzweifeltes Gesicht wirklich Bände sprach.

„Na gut, wir sind da, Miss Sun."

Alles um Felicia war dunkel, als sie aus dem Fenster schaute. Wann hatten sie die Stadt verlassen? Sie konnte sich einfach nicht erinnern.

Ruhig führte der Polizist Felicia den kurzen Waldweg zum Haus entlang.

Ihre Kopfhaut begann zu kribbeln und augenblicklich wurde ihr übel. Am liebsten wäre sie sofort abgehauen, aber wohin? Sie war irgendwo mitten im Nirgendwo. Der Wald war viel zu dunkel und sie hatte keine Ahnung, wie weit sie in den Wald hineingefahren waren.

„Ist alles in Ordnung, Miss Sun?"

Ängstlich nickte Felicia und trat dann vorsichtig über die Türschwelle.

Der Flur mit seiner breiten Treppe, die in das Obergeschoss führte, sah gar nicht furchterregend aus, wie Felicia es sich vorgestellt hatte. Ganz im Gegenteil, alles wirkte wie ein richtiges Zuhause.

Leise Musik empfang sie, als sie das Wohnzimmer betrat. Überall standen Kerzen, die den Raum in ein warmes Licht tauchten und Räucherstäbchen, die ihren Duft verbreiteten. Die ganze Stimmung wirkte irgendwie romantisch. Aber wann sollte der Polizist das arrangiert haben? Er hatte doch gar nicht wissen können, dass er sie heute herbringen würde.

Ein Klappern, das aus dem Nebenraum kam, holte Felicia aus ihren Grübeleien. Sie waren also nicht alleine hier. Vielleicht war ja Mrs. McBlance zugegen. Allerdings würde das dem widersprechen, was der Officer im Auto zu ihr gesagt hatte.

Gestresst rieb sich Felicia mit den Handflächen über ihr Gesicht. Als sie die Hände wieder runternahm stieß sie einen spitzen Schrei aus, denn vor ihr stand ein junges Mädchen.

„Marleen!"

# Kapitel 39
## ???

Sein Herz hatte einen kleinen Hüpfer gemacht, als er seine Göttin durch Zufall vor dem Haus der Blades entdeckt hatte.

Der Rest war eigentlich ein Kinderspiel gewesen. Und nun war sie hier: Bei ihm, in seinem Haus!

„Miss Sun, ich bin verwirrt. Sie kennen Marleen?"

Gefährlich wie ein Raubtier umkreiste er Felicia mit seinen Schritten, dabei ließ er sie nicht aus den Augen.

„Ähm, ja, sie war bei mir in der Notaufnahme und ist dann einfach verschwunden. Genauso wie dieser Arzt, der gar nicht bei uns arbeitet."

Deutlich vernahm er das Zittern in ihrer Stimme, während er sich nervös durch sein braunes Haar mit seinen Fingern fuhr.

„Das haben Sie nie erwähnt!"

Nun setzte er alles auf eine Karte. Selbstverständlich hatte er keine Ahnung, ob seine Göttin jemandem etwas über Marleen oder Franjo erzählt hatte. Er konnte jetzt nur hoffen.

Frustriert ballte er die Fäuste, um seine Aufgebrachtheit zu verbergen. Er hasste solch Situationen, die er nicht einzuschätzen vermochte.

„Stimmt, Sie haben recht! Ich habe es auch nicht erzählt. Ich dachte, es sei nicht wichtig. Aber…"

„Sir, ich hatte Ihnen nichts gesagt, weil ich Sie nicht auch noch damit belasten wollte. Sie haben so viel für mich getan und…"

Er war gerührt von Marleens Worten, auch wenn es Lügen waren. Sie stand ihm bei. Diese Tatsache stimmte ihn zuversichtlich. Trotzdem unterbrach er sie barsch, denn er wusste instinktiv, dass er mit Marleen eine bühnenreife Show im Impro-Theater-Stil für Felicia auf die Beine stellen konnte.

„Du warst im Krankenhaus?"

„Ja, Sir!"

„Warum?"

„Mein Arm hatte sich entzündet."

„Und was hat das mit dem Arzt auf sich?"

„Der Arzt, das war Fran…, ich meine, ein Freund hat mich begleitet."

„Warum?"

Innerlich schämte er sich dafür, dass er Marleen die Ausreden erfinden ließ, doch hatte sie es sich im Grunde genommen selbst eingebrockt, als sie damit begonnen hatte, ihn als ahnungslosen hinzustellen.

„Wie hätte ich sonst den ganzen Papierkram umgehen sollen? Ganz zu schweigen von der langen Wartezeit. Ich hätte sagen müssen, wer ich bin, was passiert ist. Und wie hätte ich die Rechnung bezahlen sollen?"

Schluchzend schlug Marleen die Hände vor ihr Gesicht. In diesem Moment vermochte er nicht zu sagen, ob Marleen wirklich noch ihre Rolle spielte oder wirklich vor Verzweiflung weinte. Deshalb zog er sie geschwind in seine Arme und drückte sie sanft.

„Pst… Ist ja gut mein Kind!"

Liebevoll küsste er Marleens Scheitel und wiegte sie dabei sanft hin und her.

Lange sagte niemand ein Wort. Jeder schien in seiner eigenen Gedankenwelt zu sein.

„Bekomme ich jetzt Ärger, Sir?"

Marleens Stimme glich nur einem Wispern.

„Nein, mein Kind! Was bin ich Ihnen für die Behandlung von Marleen schuldig?"

Eindringlich musterte er seine Göttin. Ob sie ihn jetzt mit ihrer Reaktion enttäuschen würde?

Unmerklich schüttelte Felicia den Kopf, bevor sie sich an Marleen wandte.

„Ist das der Retter, von dem du gesprochen hattest?"

„Ja, ich verdanke ihm mein Leben!"

Marleens Worte klangen aufrichtig und er lächelte sie zufrieden an.

„Verstehe! Aber du hättest nicht einfach so abhauen sollen! Du hättest doch mit mir reden können, mir…"

„Vertrauen? Nein! Ich kann niemandem vertrauen, außer diesem Mann und Franjo! Sie sind meine Familie, sie sind für mich da! Nur hier bei ihnen fühle ich mich sicher!"

Deutlich spürte er Marleens Veränderung. Es lag Verärgerung in ihrer Stimme und noch etwas, was er nicht recht benennen konnte. Eifersucht? Furcht? Er war sich nicht sicher, was es war.

„Verzeih! Das war töricht von mir! Nach allem was du offensichtlich schon durchmachen musstest, war ich ganz sicher mit eine der letzten Personen, denen du einfach so vertrauen kannst. Es ist nur, ich habe deine Narben gesehen und wollte am liebsten das ganze Leid von dir nehmen."

Die Worte seiner Göttin verfehlten ihre Wirkung nicht. Am liebsten hätte er sich zu ihren Füßen gekniet und um Absolution gebeten.

„Danke! Das weiß ich zu schätzen, doch ich komme klar."

Marleens Worte klangen sehr schroff. Fühlte sie sich bedroht oder was war los mit ihr?

„Ja, das glaube ich. Was trägst du da um den Hals?"

Augenblicklich gefror das Blut in seinen Adern, als er Felicias Frage vernahm.

„Das ist ein Band, durch das mein Herr immer weiß, wo ich bin. Und falls mich meine Vergangenheit doch mal einholen sollte, weiß ich, dass er mir zur Hilfe eilen wird. Ich könnte es auch woanders tragen, aber am Handgelenk hat es mich gestört und am Fuß käme ich mir vor wie ein Schwerverbrecher, der eine elektronische Fußfessel tragen muss. Also trage ich es am Hals."

Als ob es das selbstverständlichste von der ganzen Welt wäre, zuckte Marleen mit den Schultern. Dabei ließ sie aber Felicia für keinen Moment aus den Augen.

„Bekomme ich auch so ein Band?"

Diesmal richtete sie ihre Worte direkt an ihn.

„Es wäre zu Ihrer Sicherheit!"

„Gut! Aber ich wähle dann doch lieber die Fußvariante."

Zaghaft lächelte Felicia ihn an. Allein dieser Blick ließ ihn dahinschmelzen.

Mit einem Kopfnicken ging er in das Obergeschoß und kehrte mit einem unscheinbaren schwarzen Band zurück.

Langsam und ohne jede Eile kniete er sich vor seine Göttin. Genauso hatte er sich das noch vor ein paar Minuten gewünscht gehabt.

Kaum merklich berührte er ihre Haut, als er ihr das Hosenbein leicht nach oben schob. Seine Fingerspitzen kribbelten dabei wie elektrisiert, doch er wollte diesem Augenblick der Intimität genießen.

Mit einem leisen Klick verschloss sich das Band um Felicias Knöchel. Still betete er seine Göttin auf Knien an, bat um Absolution, weil er es nicht geschafft hatte, eine Frau ihr gerecht werden zu lassen. Dann erhob er sich und nickte ihr zu. Sie trug zwar seine Fessel nicht um ihren Hals, aber das war egal. Er hatte sie ihr anlegen dürfen und es war ihr Wunsch gewesen. Nun war sie für immer sein!

# Kapitel 40
## *Derek*

*R*amon hatte wirklich einen Hang zum Dramatischen, doch wegen solch einer Farce von Felicia weggelockt worden zu sein, ärgerte Derek enorm. Was bildete sich Ramon eigentlich ein, wer er war?

Ramon war derjenige, der Derek vor ein paar Monaten mit ihrem gemeinsamen Freund Jamal betrogen hatte. Über Wochen wurde er von den beiden übelst verarscht und nun zogen sie diese Show mit ihm ab? Natürlich stieß es Ramon bitter auf, dass Derek nun wieder liiert war. Innerlich musste Derek sogar schmunzeln, als er sich Ramons Gesicht vorstellte, als dieser erfahren hatte, dass es nun an Dereks Seite eine Frau gab. Allerdings beinhaltete dieses Schmunzeln keine Fröhlichkeit für Derek, denn er war auf Jamal und Ramon reingefallen. Doch was hätte Derek sonst nach Jamals Anruf tun sollen? Zu erfahren, dass sich Ramon wegen ihm etwas antun wollte, ließ ihn natürlich alles andere als kalt. Das Blut war ihm regelrecht in den Adern gefroren.

Unter einem fadenscheinigen Vorwand hatte er sich von Felicia weggeschlichen, hatte alle Verkehrsregeln, die es auf seinem Weg zu Ramon gab, gebrochen. Und wofür? Um einen gutgelaunten Ramon vorzufinden, der bei Dereks Anblick sein Prosecco-Glas erhob und lachend sagte, dass er die Wette gewonnen hätte. Eine Wette, ob er Derek dazu bringen könne, für ihn alles stehen und liegen zu lassen. Unfassbar! Und er hatte Ramon direkt in die Hände gespielt.

Frustriert ballte Derek die Fäuste und atmete tief ein und wieder aus. Wie sollte er jetzt nur Felicia unter die Augen treten?

„Hi, ich bin wieder da. Sorry, es ist doch später geworden wie gedacht. Ich…"

Mitten in seinen Redefluss stoppte Derek seine Worte. Das gesamte Haus wirkte unheimlich und still.

„Felicia? Ach komm schon, nach Spielchen ist mir heute ganz ehrlich nicht mehr zu Mute. Felicia?"

Blanke Angst kroch durch Dereks Körper, als er seine nur angelehnte Zimmertür entdeckte.

Vorsichtig stieß Derek seine Tür auf. Alles im Raum wirkte wie immer, nur das Bild, das auf seinem Bett lag, verriet ihm, dass Felicia hier drin gewesen sein musste.

Hastig sprintete er in ihr Zimmer und blieb wie angewurzelt in der Tür stehen. Felicias gesamte Sachen waren verschwunden. Was war hier bloß los?

Leichter Schwindel übermannte Derek, als er zurück ins Wohnzimmer wankte. Dies war sein persönlicher Alptraum!

Das Blinken seines Anrufbeantworters riss Derek aus seiner Starre. Vielleicht hatte ihn ja Felicia versucht anzurufen!

„McBlance hier! Es wurde eine neue Frauenleiche gefunden. Ich fahre mit O'Neill hin. Passen Sie gut auf Miss Sun auf!"

Verständnislos schüttelte Derek den Kopf. Der Typ machte ihm vielleicht Spaß. Wie zur Hölle sollte er auf Felicia Sun achten, wenn diese doch offensichtlich getürmt war?

Müde rieb sich Derek die Augen und drückte noch einmal die Taste am Anrufbeantworter, um erneut McBlance Nachricht abzuhören.

„Derek, ich liebe dich! Baby, komm zu mir zurück! Schatz, ich vermisse dich! Es tut mir alles so schrecklich leid. Und wenn du mir mit diesem Miststück eins reinwürgen wolltest, dann hast du es geschafft. Ja, ich bin eifersüchtig! Was muss ich tun, um dir zu zeigen wie leid es mir tut? Ich geh auch auf die Knie vor dir, wenn du es wünschst und…"

Abrupt hielt Derek die Bandansage an. Ramon, dieser Hurensohn! Hatte es ihm also nicht gereicht, ihn von hier wegzulocken? Nein, natürlich nicht! Er musste noch eins draufsetzen und hier diese Nachricht hinterlassen. Und er allein war schuld, weil er die Geheimnummer von diesem Haus an Ramon damals weitergegeben hatte.

Derek war sich sicher, dass Felicia die Nachricht abgehört hatte und ihm war klar, dass es ein Schock für Felicia gewesen sein musste zu erfahren, dass Derek vorher mit einem Mann liiert gewesen war.

In diesem Moment hasste er Ramon so abgrundtief. Sollte Felicia etwas zustoßen, würde er Ramon dafür zur Rechenschaft ziehen, so viel war sicher. Und er würde dann ganz sicher nicht zimperlich mit diesem Hurensohn umgehen.


Angestrengt überlegte Derek, wo sich Felicia aufhalten könnte. Bei McBlance und O'Neill offensichtlich nicht und er stufte sie auch nicht als so dumm ein, dass sie zu sich nach Hause gegangen war. Blieb also nur Claire Blade!

Auf dem Weg zu den Blades überlegte Derek krampfhaft, wie er Felicia nur unter die Augen treten sollte und vor allem, wie er ihr den ganzen Schlamassel erklären sollte, damit sie ihm verzieh.

Völlig außer sich kam Derek beim Haus der Blades an. In seinem Kopf schwirrten die Gedanken. Natürlich hoffte er, Felicia hier anzutreffen. Aber wie ging es dann weiter? Was war, wenn sie ihn nicht sehen oder anhören wollte? Was sollte er dann tun? Doch was noch schlimmer wäre, was, wenn er sich irrte und sie nicht hier war? Wo sollte er sie dann suchen?

Schwer atmend blieb Derek stehen, straffte seine Schultern und zählte innerlich bis zehn. So hatte das alles einfach keinen Sinn!

Noch einmal atmete Derek tief ein und wieder aus, dann klopfte er selbstsicher an die hölzerne Haustür der Blades.

Ungeduldig wartete er und ballte dabei seine Fäuste, um ruhiger zu wirken.

Was zur Hölle dauerte da so lange, eine verdammte Tür zu öffnen. Oder war womöglich niemand zu Hause? Angespannt fuhr sich Derek mit beiden Händen durch sein Gesicht.

Schleppend verstrichen die Minuten, die in Wirklichkeit nur Sekunden waren.

Energisch hämmerte Derek nun auf die Haustür ein und klingelte gleichzeitig sturm. Das durfte doch alles nicht wahr sein! Dies war sein persönlicher Alptraum, aus dem er nicht erwachen konnte, weil er real war.

„Ja, mein Gott, ich bin ja schon unterwegs!"

Erleichtert nahm Derek die genervte Männerstimme hinter der verschlossenen Tür wahr und stellte sein Klopfen und Klingeln fast widerwillig ein.

„Was?"

Mit einem lauten Ruck wurde die Haustür urplötzlich aufgerissen und Jayden Blade schaute ihm grimmig entgegen.

„Ach nein, die Schwuchtel."

Jaydens Worte waren voller Abscheu und Ekel.

„Wie bitte?"

„Ach kommen Sie, tun Sie jetzt bloß nicht auf unschuldig! Felicia hat mir alles erzählt! Sie haben echt Nerven, hier einfach so aufzutauchen, nachdem, was Sie ihr angetan haben."

Verächtlich schnaubte Jayden aus und baute sich bedrohlich im Türrahmen auf, was Derek allerdings nicht im Geringsten beeindruckte.

Ausgezeichnet, Felicia war also offensichtlich hier, was wirklich gut war. Allerdings, dass sie sich ausgerechnet diesem Blade anvertraut hatte und dieser nun von seinem Geheimnis wusste, stieß Derek extrem bitter auf, trotzdem bemühte er sich um einen freundlichen Ton.

„Bei allem Respekt, Mr. Blade, ich glaube nicht, dass es Sie etwas angeht, mit wem ich Umgang pflege und mit wem nicht, denn…"

„Doch natürlich geht es mich etwas an, wenn Sie mit Ihrer Fickerei Felicia verletzen!"

Barsch unterbrach Jayden Derek und funkelte ihn dabei böse an.

Derek wusste, dass Jayden Blade ihn provozieren wollte, doch darauf würde er sich auf gar keinen Umständen einlassen.

„Bitte, Mr. Blade, ich muss jetzt wirklich mit Felicia sprechen!"

„Das geht nicht."

Gleichgültig zuckte Jayden mit den Schultern.

„Was meinen Sie mit: 'Das geht nicht'?"

So langsam verlor nun Derek doch seine Selbstbeherr-schung und Geduld.

„Weil sie nicht mehr hier ist."

„Was meinen Sie mit: ‚Weil sie nicht mehr hier ist'? Wo zur Hölle ist sie?

Lässig lehnte sich Jayden in den Türrahmen und schien seine Überlegenheit sehr zu genießen.

Dieses fiese Grinsen würde dieser Mistkerl noch bereu-en! Um seine Wut zu zügeln, biss sich Derek hart auf seine Unterlippe und schmeckte augenblicklich den metalli-schen Geschmack seines Blutes.

„Also, wo ist sie?"

„Officer McBlance hat sie mitgenommen."

Fast entschuldigend zuckte Jayden mit seinen Schultern.

„McBlance war hier?"

„Ja, klar, sonst hätte er sie ja nicht mitnehmen können, oder?"

Jaydens Zwinkern gab Derek fast den Rest. Es fehlte nicht mehr viel und er würde seine gute Erziehung end-gültig vergessen. Blanker Hass stieg in Derek auf.

„Wann war das?"

Feuchte Tropfen spritzten aus Dereks Mund, als er seine Worte Jayden entgegen schrie.

„Keine Ahnung, Mann! Rufen Sie ihn doch an und fragen Sie ihn selbst."

Das war das erste Intelligente, was er heute von Jayden Blade vernahm. Schnell zückte Derek sein Handy und wählte McBlances Nummer.

Mailbox – Mist! Aber natürlich, wie sollte es auch anders sein? Das passte zu diesem völlig abgefuckten Tag!

Derek verfluchte den gesamten Tag. Wäre er doch nur bei Felicia im Bett geblieben und hätte er doch nur schon früher den Mut besessen, ihr von seiner Vergangenheit zu erzählen. Aber nein, er war aufgestanden und gegangen, und ja, er war einfach zu feige gewesen, ihr die Wahrheit zu sagen. Da half jetzt auch kein "was wäre wenn" – er alleine hatte es gründlich vermasselt!

Das Klingeln seines Handys holte Derek aus seinen Grübeleien.

„Mitchel."

„O'Neill hier! Ich wollte Sie kurz auf den neuesten Stand bringen. Also, es wurden insgesamt drei Frauenleichen gefunden. Eine ist auf jeden Fall Opfer unseres Verrückten. Die anderen beiden eventuell."

„Eventuell?"

„Ja, alle drei Frauen wurden durch Verbrennungen unkenntlich gemacht. Zwei wurden in einem Auto verbrannt und eine lag aufgebart unweit daneben. Diese hatte auch wieder das Tattoo."

„Und wieso denken Sie, dass es sich um denselben Täter bei allen drei Frauen handelt?

„Die Nähe der Fundorte lässt darauf schließen."

„Okay, verstehe! Noch was?"

„Nein! Oder doch: Passen Sie gut auf Miss Sun auf! Das letzte Opfer wurde ziemlich schlimm zugerichtet."

Derek schluckte hart.

„Schlimm zugerichtet? Sie meinen wegen der Verbrennungen?"

„Nein, Sir, die Frau wurde offensichtlich zuerst gefoltert und dann angezündet. Laut Gerichtsmediziner hatte sie Ruß in Nase und Rachen, was bedeutet, dass sie noch gelebt haben muss, als das Feuer entfacht wurde. Die

216

anderen zwei Frauen hatten da mehr Glück, wenn man das so sagen darf, denn sie waren scheinbar schon vorher tot."

„Shit!"

„Ja, das können Sie laut sagen, Mitchel! Wenn McBlance und ich hier fertig sind, melde ich mich nochmal.

„McBlance ist bei Ihnen?"

„Ja, selbstverständlich! Hat er Sie nicht informiert?"

„Doch, doch! Geben Sie ihn mir mal!"

Unter Dereks Kopfhaut breitete sich ein furchtbares Kribbeln aus. Irgendwas war hier mega faul! Entweder hatte Jayden Blade ihn ganz dreist belogen oder McBlance spielte ein falsches Spiel. Doch wieso sollte sich Blade so etwas ausdenken, wo er das doch so schnell prüfen konnte? Aber traute er McBlance so etwas zu? Derek konnte kaum noch denken, so schnell drehte sich sein Gedankenkarussell.

„Ja!"

Unsanft wurde Derek in die Realität zurückgeholt.

„Wo ist Felicia Sun, McBlance?"

Derek hatte die Schnauze gestrichen voll, um den heißen Brei drumherum zu reden.

„Verarschen Sie mich, Mitchel? Sie haben sie doch an einen geheimen Ort gebracht."

McBlances Aufgebrachtheit schien wirklich aufrichtig zu sein.

„Sie ist abgehauen und laut Jayden Blade haben Sie sie mitgenommen von ihm aus."

„WAS? Nein, das habe ich definitiv nicht! Fragen Sie doch O'Neill, wir waren die ganze Zeit zusammen unterwegs. Sagen Sie dem Scheißkerl von Blade, er soll sofort ausspucken, wo er sie gefangen hält. Wenn es sein muss, prügeln Sie es aus ihm raus!

„Ich melde mich wieder!"

Mit diesen Worten beendete Derek das Telefonat und schaute Jayden abschätzend an.

„Und was meint er?"

„McBlance sagt, sie ist nicht bei ihm!"

„Was? Das kann nicht sein! Er hat sie doch mitgenommen in seinem neuen Leihwagen."

„Was für ein Wagen?"

„Ein nagelneuer schwarzer Volvo XC90."

Angestrengt dachte Derek nach. Alles, was Jayden Blade erzählte, klang aufrichtig, auch traute er ihm nicht ein so übles Spiel zu, so dreist zu lügen. Genauso wenig wie McBlance und O'Neill. Es musste also noch eine andere Erklärung geben. Nur welche?

Am liebsten hätte Derek laut geschrien vor Verzweiflung oder auf etwas eingeprügelt, doch das alles würde nichts nutzen. Verzweifelt blickte er Jayden Blade an.

„Fällt Ihnen noch irgendetwas ein? Bitte, Mr. Blade! Ich befürchte, Felicia schwebt in ernsthafter Gefahr."

Wenn es sein müsste, würde er Blade auf Knien anbetteln, alles zu sagen, was er wusste, doch war sich Derek nicht sicher, ob Blade überhaupt noch wichtige Details kannte.

„Kommen Sie rein!"

Seufzend betrat Derek das Haus der Blades.

„Ist oder war Ihre Mutter zu Hause?"

„Nein, meine Mum ist auf Arbeit. Aber ich habe eine Idee, wie wir Felicia finden könnten."

„Ernsthaft?"

Hoffnung erwachte in Derek.

218

„Ja! Irgendwas kam mir seltsam an diesem Officer vor, deshalb habe ich Felicia mein Handy zugesteckt beim Verabschieden, damit sie Hilfe holen kann im Notfall."

„Oh, das ist ja großartig!"

Geschwind zog Derek erneut sein Handy aus der Tasche.

„Dave, hör zu, kannst du für mich den Standort von folgender Nummer rausfinden?"

Er hielt Jayden das Telefon hin, der ohne zu zögern seine Nummer diktierte. Dann lauschte er, wie Dave Gorgios Finger scheinbar federleicht über die Tastatur glitten.

„Ich hab's! Ich schicke dir die GPS-Koordinaten auf dein Handy, Derek."

„Danke, Mann, du hast was gut bei mir!"

Mit diesen Worten legte Derek auf und schaute Jayden Blade zuversichtlich an.

„Wir haben sie!"

# Kapitel 41
## *Felicia*

Ein Knall ließ Felicia aus ihrem unruhigen Schaf schrecken. Waren das Autotüren oder ein gedämpfter Schuss?

Verschlafen setzte sich Felicias in ihrem Bett auf und rieb sich die Augen. Dabei lauschte sie in die Stille der Nacht. Nein, es war nichts zu hören. Vielleicht hatte sie sich ja doch alles nur eingebildet?

Benommen tastete sich Felicia durch die Dunkelheit des Flures die Treppen hinunter. Ihre einzige Lichtquelle war der Türspalt der angelehnten Wohnzimmertür, durch den das flackernde Licht von Kerzen drang.

Leise vernahm sie die Stimmen von zwei Männern und einer Frau. Aufgeregt klangen die Stimmen nicht, eher geheimnisvoll.

Zaghaft klopfte Felicia an die Holztür, bevor sie das Zimmer betrat.

Wie erwartet traf Felicia auf Charly McBlance und Marleen, doch die dritte Person überraschte sie, denn am Tisch saß kein geringerer als Dr. Jonfar, der sie dreist angrinste.

„Hi, ich wollte nicht stören."

Unsicher setzte Felicia einen Fuß vor den anderen.

„Aber nicht doch, Sie stören doch nicht, meine Liebe! Ich glaube, Sie kennen Franjo bereits?"

Der Ton ihres Gegenübers war irgendwie unheimlich. Hastig nickte Felicia und ergriff die ihr gebotene Hand.

„Dr. Jonfar, nicht wahr?"

„Das, war eine kleine Lüge, Miss Sun. Bitte verzeihen Sie mir diese! Und bitte nennen Sie mich Franjo."

Der Händedruck von Franjo war erstaunlich fest. Das hätte Felicia diesem Mann gar nicht zugetraut.

„Können Sie nicht schlafen?"

Argwöhnisch musterte Marleen Felicia von Kopf bis Fuß.

„Doch, ähm, da war so ein Geräusch, das mich geweckt hat."

Entschuldigend zuckte Felicia mit ihren Schultern.

„Ein Geräusch?"

„Ja, es hörte sich an wie das Schließen einer Autotür oder so."

„Franjo, sieh mal nach!"

Ergeben nickte Franjo und erhob sich augenblicklich, um aus dem Zimmer zu eilen.

Merkwürdig! Kopfschüttelnd blickte Felicia Franjo hinterher.

„Ist alles in Ordnung, Marleen? Du wirkst so nervös."

Mit seiner Frage lenkte der Mann Felicias Aufmerksamkeit von Franjo weg.

„Ja, Sir, es ist nur, nun ja, ich würde halt gerne Ihre Geschichte weiter hören."

Schüchtern flüsterte Marleen ihre Worte.

„Was für eine Geschichte?"

Felicias Neugierde war nun endgültig entfacht. Sie liebte es, wenn andere Geschichten, aus längst vergangener Zeit, erzählten.

Schwer atmete der Mann ein und wieder aus und schien dabei abzuschätzen, ob seine Worte auch für Felicias Ohren bestimmt waren.

„Kein Problem, ich kann auch wieder gehen!"

Zaghaft lächelte Felicia den Mann an und betete dabei innerlich, dass sie doch bleiben durfte.

„Nein, warum eigentlich nicht? Setzen Sie sich, Miss Sun!"

Unmerklich lächelte er Marleen zu und Felicia konnte deutlich aus dem Augenwinkel Marleens Nicken erkennen.

Irgendetwas stimmte hier nicht. Trotzdem setzte sich Felicia auf das Sofa neben Marleen, gespannt darauf, welche Geschichte sie nun hören würde.

„Nun gut, wie ihr wünscht. Dies ist also die Geschichte von mir und meiner Schwester Liv."

Ein wunderschönes verträumtes Lächeln überzog das Gesicht des Mannes. Felicia konnte förmlich die Liebe fühlen, die er für seine Schwester empfand, doch instinktiv ahnte sie, dass diese Geschichte kein gutes Ende haben würde.

„Vorweg sollte ich noch sagen, dass meine Schwester stets mein ein und alles für mich war. Sie ist mein großes Vorbild und in Punkto Schönheit und Intelligenz kann ihr niemals jemand das Wasser reichen!

Man sagte ihr nach, sie sei unnahbar, zu anderen Menschen sogar fies und gemein, doch nie zu mir. Sie nannte mich immer Sternchen. Wir waren stets eine Einheit und das, obwohl sie genau dreizehn Jahre vor mir geboren wurde. Sie hat immer auf mich aufgepasst, mich beschützt, vor allem vor unserem Vater, der ein brutaler Bastard war. Immer wenn er mich in seinem Alkoholrausch verprügeln wollte, hatte sie sich schützend wie eine Löwin vor mich gestellt. Eigentlich wäre das die Aufgabe meiner Mutter gewesen, doch sie war immer zu sehr damit beschäftigt, sich mit Tabletten und anderen Drogen zuzudröhnen. Geliebt hat sie mich nie. Als ich fünf war, kamen unsere Eltern auf tragische Weise ums Leben. Man hatte ihre Leichen stark verstümmelt im Wald gefunden. Ich kann mich aber daran kaum erinnern. Ich war einfach zu klein."

Der Blick des Mannes war verklärt. Was musste er als Kind alles erlitten haben. Augenblicklich fühlte Felicia Mitleid mit ihm.

„Es folgte eine harte Zeit. Ich wurde von einer Pflegefamilie zu der nächsten geschoben. Die Verhältnisse waren fast so, wie in meiner Familie: Die Väter soffen und schlugen dann die Frauen und Kinder. Einer kam sogar nachts in mein Bett und fasste mich an."

Schwer schluckte der Mann und Felicia konnte nur kaum dem Drang widerstehen, ihn in ihre Arme zu ziehen.

„Ein Jahr und drei Monate dauerte es, bis mich endlich Liv aus dieser Hölle befreien konnte. Sie hatte sich Arbeit gesucht und eine Wohnung. Sie hatte für mich und sich ein Heim geschaffen. Ich verdanke dieser Frau alles!"

Aufseufzend stand der Mann auf und schritt erhobenen Hauptes in die Küche. Zurück kam er mit einer Flasche Rotwein und drei Gläsern.

Erst nachdem er die Flasche entkorkt und alle Gläser gefüllt hatte, setzte er sich wieder in seinen Sessel. Mit einer Geste deutete er den beiden Frauen an, sich ebenfalls ein Glas zu nehmen. Er selbst hielt seines nur in der Hand, schwenkte den dunkelroten Inhalt hin und her und beobachtete dabei die schwappende Flüssigkeit, ohne sie wirklich wahrzunehmen.

„Ab dann begann ein neues Leben für mich. Liv pochte drauf, dass ich gut in der Schule arbeitete. Stets musste ich mehr als einhundert Prozent geben. Mein Ziel war es, Liv fortdauernd stolz zu machen. Nicht nur mit schulischen Leistungen, sondern auch mein Verhalten war musterhaft. Wenn Liv gestresst von der Arbeit kam, hatte ich sie oft mit Kleinigkeiten überrascht: Mal hatte ich aufgeräumt, mal Blumen gepflückt oder ein Bild gemalt. Eines fand sie besonders schön, deshalb hatte sie es sich sogar tätowieren lassen."

Stolz glitzerte in den Augen des Mannes, wobei seine Gedanken weit weg in vergangenen Tagen zu sein schienen.

„Ab diesem Tag durfte ich sie manchmal abends begleiten. Sie nannte es "Im Namen der Gerechtigkeit" unterwegs zu sein. Bei unserer ersten gemeinsamen Mission suchten wir einen Kerl auf, der seine Frau so stark verletzt hatte, als er sie verprügelte, dass sie danach ein Pflegefall für alle Zeiten war. Als Liv mit ihm fertig war, hatte er es besser als seine Frau, denn er war tot. In jener Nacht fiel mir wieder ein, wie unsere Eltern ihr Leben verloren hatte. Jede einzelne Sekunde trat mir wieder ins Gedächtnis. Liv hatte mich beschützt und sich selbst verteidigt. Beide hatten den Tod verdient!"

Entsetzt blickte Felicia den Mann an. Sie war sich nicht sicher, ob sie Mitleid mit ihm empfinden sollte, weil er als Kind Zeuge dieser schrecklichen Verbrechen geworden war oder einfach nur geschockt, weil er das Ganze für guthieß. Felicias Gefühle fuhren Achterbahn.

„Doch dann, eines Tages, stand die Polizei vor unserer Tür. Sie verhafteten Liv und ich kam wieder in eine Pflegefamilie. Ich weiß bis heute nicht, für welches Verbrechen sie angeklagt wurde, denn bevor es zu einer Gerichtsverhandlung kam, nahm sich Liv das Leben. Nur ein letzter

Brief blieb mir von ihr, den sie für mich als Abschied hinterlassen hatte."

Gedankenverloren schloss der Mann die Augen. Es war für Felicia fast unerträglich sein Leiden zu sehen.

„Ich habe diesen Brief tausende Male gelesen. Mittlerweile muss ich nur die Augen schließen und sehe Livs geschriebene Worte an mich.

Mein geliebtes Sternchen!

Für mich wird es nun Zeit zu gehen. Ich wollte dich nie verlassen, aber für immer eingesperrt zu werden, ist keine Option, die ich ertragen könnte.

Zuerst musst du mir jedoch versprechen, dass du stets nach Perfektion strebst. Ob in der Schule oder was alles noch kommt. Hilf denen, die deine Hilfe am meisten brauchen, räche die, die es wert sind und lebe sonst das Leben, das dich glücklich macht.

Sternchen, ich hätte nie gedacht, dass ich dich jemals so lieben könnte, wo du doch der Beweis für Vaters Vergehen an mir bist. Jeden Tag war es Genugtuung für mich zu sehen, wie Mutter sich quälte, denn sie hatte die Schande wortlos und stillschweigend ertragen. Und auch Vater litt seit dem Tag meiner Schwangerschaft wie ein angeschossenes Tier. Und auch wenn er mehrfach versucht hatte, dich aus meinem Leben zu reißen, hatte er es nie geschafft. Du warst zu stark und darüber bin ich sehr froh, denn ich bin seit ich dich das erste Mal sah, sehr verliebt in dich. Jede Faser meines Körpers wollte dich schützen und lieben. Und somit hast du meinem Leben wieder einen Sinn gegeben.

Sternchen, bitte vergiss nie, dass ich dich liebe.

Liv

Dieser letzte Brief von ihr erklärte mir einfach alles! Zum Beispiel, warum mich Mutter und Vater nie liebten.

Nun ja, das war die Geschichte von Liv und mir."

Schulterzuckend öffnete der Mann die Augen und schaute Felicia und Marleen traurig an.

Marleen schluchzte herzergreifend und auch Felicia hatte Mühe, ihre Tränen zurückzuhalten. Was dieser Mann durchgemacht haben musste, konnte sich Felicia nur ansatzweise vorstellen.

Aus einem Gefühl heraus erhob sich Felicia und umarmte den Mann fest, als wollte sie seinen Schmerz lindern und die Last von ihm nehmen.

„Ach, wenn ich doch nur etwas für Sie tun könnte."

Schniefend flüsterte Felicia ihre Worte in sein Ohr.

„Oh, das tust du doch mein Kind!"

„Tue ich das?"

Erschrocken schaute Felicia den Mann an. Dass er sie plötzlich duzte, verwirrte sie sehr.

„Ja, natürlich! Du trägst mein Tattoo!"

Geschwind wandte sich Felicia aus seinen Armen.

„Wie bitte?"

„Dein Tattoo ist das von Liv!"

Seine Stimme war ruhig und durch Felicias Körper kroch pure Angst, als sie ein kleines Parfümfläschchen von ihm entgegennahm, das er ihr reichte.

Zaghaft öffnete Felicia den Deckel des Flakons und augenblicklich wurde ihr speiübel, als sie den Duft wahrnahm. Das war der Moment, in dem sie erkannte, dass sie ihrem Stalker gegenüberstand.

Blitzschnell drehte sich Felicia um und rannte davon. Begleitet wurde sie von seinem schallenden Lachen.

# Kapitel 42
## *Marleen*


„Sir, wollen Sie ihr nicht folgen?"

Besorgt schaute Marleen Felicia hinterher.

„Sie kommt nicht weit, sie trägt ja die elektronische Fessel."

Schulterzuckend blickte ihr Meister sie an. Deutlich erkannte Marleen den Schmerz, die Wut und die Enttäuschung in seinen Augen.

„Herr, die Polizei ist da!"

Blitzschnell drehten sich Marleen und ihr Meister zu Franjo um, der wie wild nach Luft japste.

„Wie viele?"

„Ich weiß es nicht genau, Herr! Es sind drei oder vier Autos. Ich habe schon alle Fallen scharf gestellt. Wo ist das Mädchen?"

„Geflohen, aber darum kümmern wir uns später. Franjo, hör mir zu: Egal was passiert, du musst auf Marleen aufpassen! Versprich mir das!"

„Aber Herr, ich..."

„FRANJO!"

„Ja, Herr, Sie können sich auf mich verlassen!"

„Sehr gut!"

Stolz klopfte ihr Meister Franjo auf die Schulter. Marleen kam sich vor, wie in einem Alptraum.

„Ihr braucht für die Polizei eine Geschichte! Also hört gut zu: Ihr wurdet von mir entführt und ihr musstet stets tun, was ich euch sage. Von den Morden wusstet ihr nichts, aber ihr hattet Angst um euer Leben, deshalb habt ihr hier mit mir gelebt. Ihr seid genauso Opfer wie die Frauen. Man wird bei euch das Stockholm-Syndrom diagnostizieren, denn im Grunde ist es ja wahr, Ich habe euch für meine Zwecke manipuliert. Daran müsst ihr festhalten! Ihr hattet nie etwas Böses im Sinn."

„Aber Herr…"

„Nichts, aber! Ich weiß, ihr werdet mich stolz machen! Oder täusche ich mich da etwa in euch?"

Mit gesenktem Blick nickten Marleen und Franjo synchron.

„Was ist mit den Frauen im Keller, Herr?"

„Wenn die Polizei sie nicht findet, haben sie wohl Pech. Sie sind nicht mehr mein oder euer Problem. Verstanden?"

„Ja, Sir. Und…"

Mit einem lauten Knall wurde die Wohnzimmertür aufgestoßen. Erschrocken blickten Marleen und Franjo den Mann im Türrahmen an.

Ein Spiegelbild hätte nicht konformer sein können, nur dass der Mann in der Tür eine Pistole in der Hand hielt und ihr Meister nicht. Ansonsten glichen sich die beiden Männer von Kopf bis Fuß. Sie trugen beide die exakt gleiche Kleidung inklusive Schuhe, hatten einen identischen Haarschnitt und sogar einen einheitlichen Dreitagebart.

Diese Männer waren keine Zwillinge, sondern eher Klone.

Blitzschnell stürmte ihr Meister nach vorn und entwaffnete den verdutzten Polizisten. Die Pistole flog im hohen Bogen davon und die beiden Männer rangelten miteinander.

„Schluss jetzt!"

Hysterisch schrie Marleen auf, während sie nach der Waffe griff und einen Schuss in die Luft abfeuerte.

Perplex hielten die Männer inne und blickten Marleen an, die nun die Waffe auf sie richtete.

„Kleine, gib mir die Waffe, dann wird alles wieder gut!"

„Marleen!"

„Marleen, höre nicht auf ihn, er ist…"

Ein erneuter Schuss löste sich aus der Pistole und blutend ging der Mann vor ihr zu Boden.

„Marleen, du hast den Meister getötet!"

Panik breitete sich in Marleen aus, als sie Franjos Worte vernahm.

„Nein, ich…"

Verzweifelte schluchzte Marleen auf. Tröstend nahm sie Franjo in die Arme.

„Herr! Fliehen Sie! Den Rest machen wir, versprochen!"

Verwirrt schaute Marleen zu Franjo, der grinsend nickte. Dann verstand sie.

„Ja! Ich habe den Meister erschossen!"

Dann wandte sie sich an den Mann der wie angewurzelt im Zimmer stand.

„Ich werde nie vergessen, was Sie für uns getan haben! Viel Erfolg!"

Stolz lächelte sie ihr Meister noch einmal an.

„Fünfundzwanzig null zwei – Livs und mein Geburtstag."

Mit diesen Worten steckte er etwas in die Innentasche des toten Officers und verließ dann auf direktem Weg das Zimmer, gerade noch rechtzeitig, bevor Derek Mitchel und vier weitere Polizisten das Zimmer betraten.

Alle fünf Männer zielten nun mit ihren Waffen auf Marleen, die unfähig war vor Angst sich zu bewegen.

„Waffe runter, Miss!"

Derek Mitchels Stimme klang bedrohlich.

Langsam erhob Franjo die Hände und machte dann einen Schritt auf Marleen zu, um ihr die Pistole abzunehmen.

Federleicht gelang es ihm und nachdem Franjo die Waffe auf den Boden fallen gelassen hatte, nahm er Marleen fest in die Arme.

„Es ist vorbei!"

Franjos Worte waren laut genug, sodass die Polizisten sie hören mussten.

„Aber, ich habe den Meister erschossen!"

Stur blickte Marleen Derek Mitchel direkt in die Augen.

„Ich, ich hatte doch keine andere Wahl! Er wollte Felicia etwas antun."

Unter Tränen sackte Marleen in Franjos Armen zusammen. Doch ihre Worte hatten ihre Wirkung nicht verfehlt.

„Felicia? Wo ist sie?"

Die Angst war der Stimme des FBI-Agent deutlich anzuhören.

„Sie konnte fliehen. Der Meister wollte ihr hinterher, da habe ich geschossen. Ich wollte das alles doch nicht!"

Fest schaute Marleen zu dem Agent.

„Okay, ich prüfe das. Pallo, Smith – mir nach. Altros, Fletscher – ihr behaltet die beiden im Auge. Ist das klar?"

Nickend blickten die zwei Beamten ihren drei Kollegen hinterher, bevor sie ihre Aufmerksamkeit wieder auf Marleen und Franjo richteten.

Weinend ließ sich Marleen auf den Boden sinken und auch Franjo glitt mit ihr herab. Um nichts in der Welt hätte er jetzt Marleen losgelassen, das wusste sie. Franjo war bei ihr, er würde sie von nun an beschützen.

## Kapitel 43
### *Felicia*


Ängstlich irrte Felicia durch die Dunkelheit. Sie hatte nicht die geringste Ahnung, wo genau sie war, vielmehr kam es ihr so vor, als ob sie im Kreis laufen würde.

„Scheiße!"

Weinend ließ sich Felicia auf den Boden sinken.

Es war, als wären überall unsichtbare Lichtschranken versteckt. Und wenn Felicia diese durchbrach, sandte das Band um ihren Fuß fiese Elektroschocks ab.

Verzweifelt riss sie an ihm rum, doch sie konnte es einfach nicht öffnen.

Mitten in ihrer Bewegung hielt Felicia inne und lauschte. Ein erneutes Knacken im Gestrüpp ließ sie zusammenzucken. Mühsam rappelte sie sich auf und lief tapfer weiter. Doch was hatte das alles für einen Sinn? Sie konnte kaum die Hand vor Augen erkennen. Wie sollte sie hier heil aus dem Wald finden? Und dann waren ja da auch noch diese Lichtschranken. Es war einfach aussichtslos.

Ein Lichtkegel durchfuhr auf einmal die Finsternis und blendete Felicia brutal.

Mit erhobenen Händen blieb Felicia stehen. Es war aus und vorbei. Fast hätte Felicia schallen losgelacht, als ihr bewusst wurde, dass sie nie auch nur den Hauch einer Chance gehabt hatte.

„Felicia!"

Felicia traute ihren Ohren kaum, als sie Jayden Blades Stimme vernahm. Konnte er es wirklich sein? Hatte er sie wirklich finden können?

„Oh, mein Gott, Felicia, du lebst! Ich bin so froh!"

Übermütig zog Jayden sie in seine Arme.

„Jayden!"

Mehr zu sagen war sie nicht im Stande.

„Komm, ich bring dich hier weg!"

Ohne jede Mühe hob Jayden Felicia auf seine Arme und trug sie sicher durch das Gestrüpp.

„Stopp!"

Felicia schrie vor Schmerz laut auf.

„Was ist los? Was fehlt dir?"

„Diese Stromstöße… Es ist kaum noch erträglich für mich!"

Ihre Worte klangen schmerzverzerrt als sie auf die Fußfessel deutete.

Jayden verstand sofort und lief eilig zurück, bis Felicia ihm signalisierte, dass die elektrischen Impulse aufgehört hatten, sie zu quälen.

Behutsam setzte Jayden Felicia ab und leuchtete mit seiner Taschenlampe die Fußfessel an.

„What the fuck!"

„Was ist los?"

„Das Ding ist eine tickende Zeitbombe. Scheinbar sendet es erst Elektroschocks aus und ab einer bestimmten Entfernung explodiert es."

„Dann entferne es!"

Pure Panik stieg in Felicia auf.

„Das geht nicht! Dann explodiert es auch."

„Und was nun?"

Felicia war mit ihren Nerven fix und fertig.

„Wir müssen zurück zum Haus und Mitchel suchen. Die Typen vom FBI haben sicher Experten, die dir helfen können."

232

„Derek ist hier?"

„Ja, er und ein paar Polizisten sichern das Haus. Ich bin ihnen heimlich gefolgt und habe mich hier draußen umgeschaut. Dann habe ich dich entdeckt. Du glaubst gar nicht wie froh ich bin, dich gefunden zu haben!"

Eng zog Jayden Felicia an sich heran, sodass sie seinen kräftigen Herzschlag in seinem Brustkorb schlagen hören konnte.

„Felicia!" – „Miss Sun!" – „Felicia Sun!"

Immer näher kamen die Rufe von verschiedenen Männern.

„Wir sind hier!"

Jayden ließ seine Taschenlampe über seinem Kopf wie ein Blaulicht kreisen, bis die Männer endlich bei ihnen waren.

„Felicia, mein Gott. Bist du verletzt?"

Verneinend schüttelte Felicia den Kopf und ließ sich widerstandslos von Derek in den Arm nehmen.

„Sie hat eine elektronische Fußfessel!"

Wie zum Beweis leuchtete Jayden erneut die Fessel an.

„Mist! Die gleichen tragen auch die zwei im Haus."

Augenblicklich schnellte Felicia hoch.

„Es ist Charly McBlance. Er hat mich hergebracht und mir die Fessel angelegt."

„Ja, ich weiß! Du brauchst keine Angst mehr zu haben, er ist tot."

Liebevoll steckte Derek Felicia eine lose Haarsträhne hinters Ohr.

„Tot? Bist du dir sicher?"

„Ja, das Mädchen hat ihn erschossen. Sie sagte aus, dass du geflohen bist und als Charly dir hinterher wollte, habe sie ihn erschossen, um dich zu schützen."

„Um mich zu schützen?"

„So hat sie es jedenfalls ausgesagt. Zweifelst du an ihren Worten?"

„Ich weiß nicht! Marleen und Franjo wirkten so, ich weiß nicht, wie ich es nennen soll. Vielleicht familiär mit Mr. McBlance?"

„Hmm, das ist möglich, aber beide tragen so eine Fessel wie du. Wir werden es rausfinden, okay?"

Zaghaft nickte Felicia.

„Komm jetzt, wir gehen zum Haus zurück."

Erschrocken blickte Felicia Derek an.

„Keine Angst, er ist tot! Außerdem werde ich dich beschützen!"

Verächtlich schnaubte Jayden aus.

„Ja klar, wie schonmal."

Böse funkelte Derek Jayden an, bevor er Felicia auf seinen Arm nahm und Richtung Haus trug.

Vor der Haustür setzte er sie ab und ergriff dann ihre Hand, um mit ihr gemeinsam das Haus zu betreten.

Im Wohnzimmer angekommen starrte Felicia auf den leblosen, blutüberströmten Körper von Charly McBlance. Er war wirklich tot! Felicia konnte es kaum fassen, ihr Alptraum war wirklich vorbei.

Erleichtert ließ sie ihren Blick durch das Zimmer gleiten und entdeckte Marleen, die zusammen mit Franjo auf dem Fußboden kauerte. Beide trugen die Fessel als Halsband.

Vorsichtig kniete sich Felicia vor Marleen und Franjo hin, um deren Aufmerksamkeit zu bekommen.

„Miss Sun! Geht es Ihnen gut?"

Schüchtern lächelte Marleen, konnte aber keinen Augenkontakt halten.

„Ja. Was ist passiert?"

„Ich habe den Meister erschossen."

Bitterlich begann Marleen zu weinen.

„Ich wollte das nicht, aber er wollte Ihnen folgen und Sie wieder einfangen. Ich hatte doch keine andere Wahl."

Marleens Anblick war fast zu viel für Felicia.

„Die Schmauchspuren und die Aussage von Franjo Miller bestätigen ihre Geschichte. Miss Miedo hat dir scheinbar wirklich das Leben gerettet, indem sie McBlance erschossen hat."

Während Derek redete, ging er neben Felicia in die Hocke und blickte sie dabei fest an.

„Und was passiert jetzt mit ihr?"

„Wir fahren zurück aufs Revier und werden ihre Aussage aufnehmen. Ich bin davon überzeugt, dass sie allerhöchstens eine Bewährungsstrafe bekommen wird, wenn überhaupt, aber das muss ein Richter entscheiden."

„Aber, wir können hier nicht weg!"

Franjos Gesichtsausdruck war starr vor Angst.

„Nur der Meister kann die Bänder abschalten! Entfernen wir uns, explodieren sie."

Felicia schluckte hart. Also hatte Jayden mit seiner Vermutung wirklich recht gehabt.

„Ich habe da eine Art Fernbedienung in der Innentasche von McBlance gefunden!"

Siegessicher kam Officer Smith auf Derek zu und überreichte diesem das kleine Gerät.

„Interessant, da ist ein Nummernblock drauf."

Misstrauisch beäugte Derek den Apparat und kramte dann sein Handy aus der Tasche. Schnell machte er ein Foto von dem Gegenstand und schickte das Bild weiter, bevor er einen Anruf tätigte.

„Dave, hör zu, ich habe hier eine Art Fernbedienung. Ein Bild davon müsstest schon bei dir eingegangen sein. Wir vermuten, dass sich mit diesem Ding drei elektrische Fesseln fernsteuern lassen. Was meinst du dazu?"

„Gut, die meist benutzte Zahlenkombination ist viermal die Null, gefolgt von eins, zwei, drei, vier. Vielleicht solltest du als erstes diese Kombinationen probieren, ansonsten gibt es zehntausend Möglichkeiten."

„Gut, bleib dran, ich probiere es!"

Mit zittrigen Fingern tippte Derek null, null, null, null ins Display ein und bestätigte seine Eingabe zaghaft. Innerlich hoffte er, dass die Bänder jetzt nicht explodieren würden. Doch statt eines Knalls erklangen die qualvollen Schreie von Felicia, Marleen und Franjo.

„Mist, was war das?"

Dave, der am anderen Ende der Leitung nur allzu deutlich die Aufschreie vernommen hatte, wirkte sehr besorgt.

„Der Bastard hat das Ding so konstruiert, dass wenn man die falschen Zahlen eingibt, Strom durch die Bänder fließt."

„Okay, dann fällt testen bei zehntausend möglichen Kombinationen wohl flach. Also musst du das Ding hierherbringen und ich versuche es hier am Computer auszulesen."

„Gut, ich schicke es mit den Männern zu dir. Ich bleibe mit den Geiseln hier, denn so lange die Bänder scharf sind, können diese das Gelände nicht verlassen."

„Alles klar, ich werde mich beeilen!"

Mit diesen Worten beendete Dave Gorgio das Telefonat mit Derek.

„Smith, los! Du musst so schnell es geht dieses Ding hier ins Analytische Labor zu Gorgio bringen. Er weiß Bescheid!"

„Wird gemacht, Mitchel!"

Schnell schnappte sich der Officer die Fernbedienung und eilte davon.

„Keine Sorge, Dave ist der Beste, wenn es einer schafft, dann er und dann…"

Erschrocken hielt Derek inne, als seine Worte von den Schmerzschreien der drei Fesselträgern übertönt wurden.

Blitzschnell sprang er auf die Beine und rannte dem wegfahrenden Officer hinterher. Schnell zückte er sein Handy und wählte die Nummer von Officer Smith, die er zum Glück auf Kurzwahl gespeichert hatte.

„Anhalten! Sofort anhalten, Smith! Und dann zurückkommen!"

Er schrie seine Worte ins Telefon und zu Dereks großer Freude, reagierte der Officer umgehend.

„Was ist passiert?"

Smith stoppte den Wagen, als er bei Derek ankam.

„Nicht anhalten, fahr zurück zum Haus! Die Halsbänder senden Strom, wenn die Fernbedienung sich entfernt!"

„Mist!"

Mit quietschenden Reifen fuhr Smith zurück zum Haus.

Mittlerweile hatten die Schreie im Wohnzimmer aufgehört, aber den Gesichtern sah man noch deutlich die Strapazen an.

„Und was nun?"

„Ich habe keine Ahnung!"

„Man könnte versuchen, die Fernbedienung mit den Fesselträgern zusammen wegzubringen. Vielleicht geht das ja nicht einzeln, aber eventuell kombiniert."

„Gute Idee, Smith. Los, kommt!"

Eifrig zerrte Derek Felicia auf die Beine und machte auch Franjo und Marleen klar, ihnen zu folgen.

Smith startete erneut den Wagen, als alle platzgenommen hatten, und fuhr los.

So schnell es ging fuhr der Polizist den uneinsichtigen, holperigen Waldweg entlang, als plötzlich die drei Mitfahrer auf der Rückbank erneut vor Schmerz brüllten.

Smith reagierte sofort und stoppte den Wagen, dann wendete er umständlich und fuhr zurück zum Haus.

Ratlos tigerte Derek im Wohnzimmer auf und ab.

„Sir, ich hätte da eine Idee."

Marleen blickte Franjo fragend an und dieser nickte ihr zu.

„Einen Versuch ist es wert. Sag ihnen schon, was du vermutest."

„Ich weiß aber nicht, ob es wirklich funktioniert."

Hilfesuchend blickte sich Marleen nun im gesamten Raum um.

„Was vermuten Sie, Miss Miedo?"

Dereks Stimme war seine Verzweiflung deutlich anzuhören.

„Naja, der Meister hat immer von dieser Liv geredet. Wissen Sie noch, Miss Sun, Sie haben doch auch eine seiner Geschichten gehört."

„Ja, schon. Aber wie hilft uns das jetzt weiter?"

„Er sagte, sie sei genau dreizehn Jahre vor ihm geboren worden. Vielleicht ist die Zahl ja sein und ihr Geburtsdatum."

Schüchtern lächelte Marleen Franjo an, dieser nickte ihr erneut kaum merklich zu.

„Der Herr hatte im Februar Geburtstag. Am fünfundzwanzigsten."

„Es kommen zehntausend Möglichkeiten in Frage. Das zu probieren, ist absurd!"

Derek war außer sich und schrie Marleen und Franjo an, sodass Marleen wieder zu weinen begann.

„Hey, Derek, es reicht! Die beiden sind genauso Opfer von dem Spinner wie ich. Ich finde, Marleen hat recht, wir sollten es probieren."

„Das kann ich nicht! Ich… Ich kann dir nicht noch einmal wehtun!"

Sein gequälter Gesichtsausdruck stimmte Felicia milde. Wenn der ganze Spuk hier vorbei war, würde sie ihm eine Chance geben und ihn anhören. Allerdings war sie sich nicht sicher, ob sie ihm je verzeihen könnte.

Langsam nahm sie Derek die Fernbedienung aus der Hand und tippte zögernd die Zahlen zwei, fünf, null und zwei ein, dann schloss sie die Augen und drückte auf bestätigen. Felicia wartete auf den Schmerz. Doch nichts passierte.

„Oh, mein Gott, Felicia, es hat geklappt! Das Band hat sich geöffnet!"

Freudestrahlend jubelte Derek um Felicia herum, die ihr Glück kaum fassen konnte.

Vorsichtig griff sie nach der Fessel an ihrem Fuß und entfernte sie fast ehrfürchtig. Marleen und Franjo taten es ihr gleich.

„Kommen Sie, Miss Sun, wir bringen Sie wieder zurück zu Ihrer Wohnung!"

Diese Worte klangen wie Balsam für Felicia. Endlich durfte sie wieder nach Hause, der Horror war vorbei.

Aus dem Augenwinkel sah Felicia, wie Franjo und Marleen in Handschellen abgeführt wurden.

„Was passiert jetzt mit den beiden?"

Mitleidig schaute sie ihnen hinterher.

„Ihre Geschichte wird geprüft und auch ihre Beteiligung an allen Morden und Entführungen. Alles, was nun mit ihnen geschieht, liegt in der Hand der Justiz."

Zaghaft nickte Felicia Derek zu und betete innerlich für Marleen und Franjo, denn sie war fest davon überzeugt, dass beide genauso ein Opfer gewesen waren wie sie.

Seufzend ergriff Felicia Dereks Hand und folgte ihm zum Wagen, ohne sich noch einmal umzublicken.

# Epilog
## *Felicia*


Entspannt lehnte sich Felicia in ihrem Sessel zurück. Sie genoss ihre neugefunden Freiheit in vollen Zügen. Zwar konnte sie Derek sein Verhalten nicht verzeihen und erneut eine Beziehung mit ihm eingehen, aber einer Freundschaft zwischen ihnen beiden stand nichts mehr im Wege.

Lange hatten sie und Derek über alles geredet. Er hatte ihr seine ganze Lebensgeschichte anvertraut und beide hatten dabei erkannt, dass es nie wirkliche Liebe zwischen ihnen gegeben hatte. Sie hatten sich vergeben und so wie es jetzt war, war es mehr als gut und richtig.

Das Klingeln an ihrer Wohnungstür holte Felicia aus ihren Gedanken. Gemütlich schlenderte sie zur Tür und öffnete sie, ohne vorher durch den Türspion zu schauen. Ihr Stalker war tot, sie brauchte keine Angst mehr zu haben.

„Hi, kommt rein!"

Freudestrahlend begrüßte Felicia ihre Freundin Claire und Jayden. Dass die zwei noch immer an ihrer Seite weilten, war das allergrößte Geschenk für sie.

„Hier, ich habe dir was mitgebracht!"

Lächelnd übergab Jayden Felicia einen, in braunes Papier gewickelten, Gegenstand.

„Oh, mein Gott! Es ist wunderschön!"

Mit leuchtenden Augen betrachtete Felicia das gemalte Bild von Jayden. Es zeigte Steine, die von Wasser umspült wurden. Einige Steine hatten die Form von Herzchen. Im Hintergrund ging gerade die Sonne im Meer unter.

„Es bekommt einen Ehrenplatz!"

Zaghaft küsste Felicia Jayden zum Dank auf die Wange, was diesen erröten ließ.

„Deine neue Wohnung ist wirklich wunderschön, Felicia!"

Aufmerksam blickte sich Claire um, bevor sie auf dem Sofa Platz nahm.

„Ja, das ist sie! Ich habe endlich das Gefühl, wieder frei atmen zu können. Und das habe ich hauptsächlich dir zu verdanken, Jayden!"

„Ach, quatsch!"

Abweisend winkte Jayden ab, aber in seinem Gesicht zeigte sich stolz. Und dazu hatte er auch alles Recht der Welt, das wusste Felicia, denn ohne Jayden, der seinem Instinkt gefolgt war und ihr ein Handy zugesteckt hatte, hätte man sie nie im Wald gefunden.

„Setz dich Jayden! Kaffee?"

Jayden setzte sich neben seine Mutter und nickte Felicia dankbar zu. Offensichtlich stand er nicht gern als Held im Mittelpunkt.

Felicia lächelte und nickte ebenfalls, bevor sie in die Küche eilte.

Als Felicia zurück ins Wohnzimmer kam, überflutete sie Wärme. Die zwei liebsten Menschen, die sie hatte, waren hier bei ihr. Augenblicklich machte ihr Herz einen kleinen Hüpfer.

„Hast du mal was von dieser Marleen und Franjo gehört?"

Die Neugierde war Claire deutlich anzuhören.

„Von Derek weiß ich, dass beide gerade in einer psychiatrischen Klinik sind. Sie müssen furchtbare Dinge gesehen und erlebt haben. Dieser Franjo beispielsweise hat einige schreckliche Folternarben am Körper. Derek meint, sie haben beide das Stockholm-Syndrom entwickelt, dem sie es zu verdanken haben, dass sie überhaupt noch am Leben sind. Die beiden haben wirklich die Hölle durchgemacht und ich bete täglich für ihre Seelen. Es muss so schwer für Marleen gewesen sein, ihren 'Meister' zu erschießen, nur um mich zu retten.“

Nachdenklich blickte Felicia Claire und Jayden an.

„Ich wünsche es den beiden so sehr, dass auch sie ihren Frieden wiederfinden!“

„Das werden sie, ganz sicher!“

Zuversichtlich drückte Claire Felicias Hand.

Das Klingeln an der Tür ließ alle drei zusammenzucken.

„Erwartest du noch jemanden?“

Skeptisch musterte Jayden Felicia.

„Nein, es ist sicher wieder nur einer der neugierigen Nachbarn, der sich mir vorstellen will. Moment!“

Mit einem mulmigen Gefühl, das sich Felicia kaum erklären konnte, eilte sie zur Tür.

Wieso verspürte sie plötzlich so eine Panik?

Ängstlich schaute Felicia durch den Türspion und hätte am liebsten laut losgelacht.

Strahlend öffnete sie der älteren Dame die Tür, die sich als ihre Nachbarin vom Erdgeschoß vorstellte.

„Ich wäre ja normal die Treppen nicht hochgestiegen. Wissen Sie, Kindchen, ich habe es doch so arg im Rücken, aber ich wollte Ihnen das vorbeibringen. Das wurde heute Morgen bei mir abgegeben und bevor ich es wieder vergesse…“

Lächelnd zog die alte Frau ein Päckchen aus ihrer Schürzentasche und überreichte es Felicia. Dann drehte sie sich um und schlurfte ohne einen weiteren Kommentar davon.

Felicias Kopfhaut begann augenblicklich zu kribbeln.

Nur mit Mühe schleppte sie sich zurück ins Wohnzimmer.

„Ist alles in Ordnung, Kleines?"

Jaydens und auch Claires Gesicht zeigten Sorge.

„Das wurde unten im ersten Stock für mich abgegeben."

Vorsichtig öffnete sie die Schleife von dem Paket. Tief atmete sie ein und wieder auf, bevor sie den Deckel anhob.

Ein spitzer Schrei entfuhr ihrer Kehle, als Felicia das gerahmte Bild entdeckte. Es zeigte sie in der Dunkelheit des Waldes zusammen mit Jayden.

Übelkeit und Schwindel durchzuckten Felicias Körper, als sie nun auch den ihr vertrauten Geruch wahrnahm.

Mit zittrigen Händen drehte Felicia das gerahmte Bild um. Augenblicklich verließ sie die Kraft und dicke Tränen rannen über ihre Wangen, als sie die beigefügte Nachricht las: *Bald bist du mein*

Ende

# Danksagung

Es ist mir ein Bedürfnis, mich bei allen zu bedanken, die mich egal wann, egal wie in meinem Leben unterstützen oder/und begleiten.

Stolz kann ich sagen, dass ich ein reicher Mensch bin, denn ich habe eine fantastische Familie und tolle Freunde. Selbstverständlich haben auch wir unsere Höhen und Tiefen, aber der Zusammenhalt macht es aus.

Ich danke meinem Ehemann Michael für seine Liebe. Er ist für mich auch nach der ganzen Zeit nicht nur die Liebe meines Lebens, sondern auch mein Vertrauter und mein bester Freund.

Ich danke meinen Kindern Cynthia, Justin und Quentin, dass sie mein Leben bereichern, zu mir halten und mich mit Stolz erfüllen, wenn ich sehe, wie sie ihr Leben meistern und ihre Ziele verwirklichen.

Ich danke meiner Mama und meinen Geschwistern und deren Partnern, Kindern und Kindeskindern, dass es sie in meinem Leben gibt, genauso wie meiner Schwiegermutter und meinem Schwager mit Familie.

Ich danke meinen Mädels Christa, Claudia, Daniela, Désirée, Iwona, Olivia, Patricia, Petra und Susanne (Alphabetisch geordnet, nicht nach Rang, denn ich weiß einfach nicht, welche mir die liebste ist!) für eure Freundschaft. Und auch wenn wir uns nicht immer sehen, ist doch jedes Treffen ein freudiges Erlebnis.

Ich danke meinen Freunden in der Ferne, die mir trotz der weiten Trennung stets erhalten bleiben. Frank W. und seine Familie, Mike, Robert, Jone, mein Patenkind Sheila und ihre reizende Tochter Zayde – ich bin sehr froh euch zu kennen.

Zwei Bloggerinnen sind mir besonders ans Herz gewachsen, wegen ihrer fantastischen Unterstützung: Ich danke zum einen *Ines Wiesner* für die Gestaltung meiner Autoren-Facebookseite, die tollen Ideen und Umsetzungen von Gewinnspielen, das Bewerben meiner Bücher und dafür, dass sie mir immer mit Rat und Tat zur Seite steht! Und ich danke zum anderen *Stefanie Brandt* für ihre Freundschaft, Loyalität, Buchbewertungen und -werbung!

Den Fehlerteufel dieses Mal haben mit mir bekämpft mein Mann Michael und mein Neffe Marcelino. Ich danke euch für eure Unterstützung!

| | |
|---|---|
| Coverbild: | Aline Randel |
| Coverschrift: | Lisa Werth |
| Coverdesign: | Justin Fischer |

Aline, danke für die super tollen Coverbilder! Jedes einzelne ist wirklich mega schön geworden und ich bin dir sehr dankbar für deine investierte Arbeit und Mühe und natürlich die Umsetzung meiner Ideen! Das Hauptcover ist zwar nicht mehr dein Originalbild, aber ohne dich wäre dieses hier gar nicht möglich gewesen. Ich danke dir auch für das kleine Bild auf der Rückseite dieses Buches, dass du mit sehr viel Liebe zum Detail für mich gemalt hast!

Lisa, danke für den echt klasse gewordenen Schriftzug und auch dafür, dass du dich direkt bereit erklärt hast, ihn für mich zu entwerfen!

Justin, dir danke ich, dass du dieses Cover so für mich zusammengebastelt hast, wie es jetzt ist! Ich finde, es ist echt genial geworden!

Zu guter Letzt danke ich meinen Lesern! Ohne euch wäre meine Stimme ohne Gehör. Danke für eure Treue und natürlich auch für eure Rezensionen und Feedbacks!

1000 Dank

Bild Buchrückseite

248

# Schatten Leben

Roman

Worin besteht der Sinn des Lebens? Und wie zum Henker soll man es schaffen, sein Leben wieder in geordnete Bahnen zu bekommen, wenn doch so ziemlich alles in Trümmern liegt? Diese Fragen stellt sich der 37jährige Anthony Tag für Tag, denn seit dem Tod seiner geliebten Frau, ist nichts mehr so, wie es einst war. Gerade als er sein Leben wieder einigermaßen im Griff hat, poltert Joan, eine Freundin aus vergangener Zeit, mit ihren zwei Söhnen in sein Leben und stellt alles auf den Kopf.

Begleiten Sie Anthony durch eine Reise der Gefühlswelt, auf der Suche nach der eigenen, inneren Ruhe und das Wiederfinden von Glück und Lebensmut.

ISBN: 978-3-7431-8830-3

Lesen Sie mehr unter:

www.PetraFischer.jimdo.com

Zu diesem Roman gibt es eine exklusive Internet-Kurzgeschichte!

<u>Petra Fischer bei BoD</u>

# Mein Weg zur ewigen Ruhe
Roman

Von Kindheitstagen an kämpft Felicitas um Liebe und Anerkennung. Jeder Schicksalsschlag scheint sie stärker zu machen, bis zu dem Tag, als sie merkt, dass sie den Kampf nicht gewinnen kann.

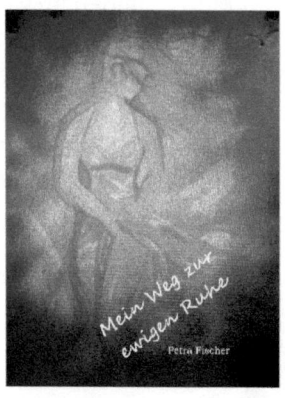

ISBN: 978-3-7460-7560-0

Lesen Sie mehr unter:

www.PetraFischer.jimdo.com

Petra Fischer bei BoD

# Glück fürs Glücklichsein
Roman

Ausgerechnet am Tag seiner Hochzeit begegnet Raik seiner Jugendliebe Fabienne wieder. Schnell wird klar, dass sie beide noch immer Gefühle füreinander hegen. Doch was ist es, was die zwei so stark verbindet und warum herrschte fast 20 Jahre Stille zwischen ihnen?

ISBN: 978-3-7386-0516-7

Lesen Sie mehr unter:

www.PetraFischer.jimdo.com

Petra Fischer bei BoD

# … und dann kommt morgen

Roman

Nach einem schweren Motorradunfall sitzt Leonard im Rollstuhl. Wegen seiner eigenen Missgunst sich selbst gegenüber, flüchtet er immer mehr in die virtuelle Welt. Leider holt ihn auch dort die Realität ein, denn er muss feststellen: Es ist nicht alles Gold, was glänzt.

Ein glücklicher Zufall bzw. ein zufälliges Treffen lässt Leonards Lebensmut neu aufblühen, und was er einst verloren glaubte, findet er schließlich wieder.

ISBN: 978-3-7347-8986-1

Lesen Sie mehr unter:

www.PetraFischer.jimdo.com